KB072809

THE OMNIPOTENT
BRACELET

전능의 팔찌 2부 9

김현석 현대 판타지 장편소설

초판 1쇄 찍은 날 § 2024년　6월 14일
초판 1쇄 펴낸 날 § 2024년　6월 21일

지은이 § 김현석
펴낸이 § 서경석

총괄팀장 § 황창선
편집책임 § 양준
디자인 § 스튜디오 이너스

펴낸곳 § 도서출판 청어람
등록번호 § 제387-1999-000006호
등록일자 § 1999. 5. 31
어람번호 § 제1-3230호

본사 § 경기도 부천시 부일로 483번길 40 서경B/D 3F (우) 14640
편집부 § 서울특별시 구로구 디지털로 272 한신IT타워 404호 (우) 08389
전화 § 02-6956-0531　팩스 § 02-6956-0532
http://www.chungeoram.com
E-mail § chungeorambook@daum.net

ⓒ 김현석, 2023

ISBN 979-11-04-92516-0 04810
ISBN 979-11-04-92499-6 (세트)

MODERN FANTASTIC STORY

전능의 팔찌

2부

THE OMNIPOTENT BRACELET

김현석 현대 판타지 소설

9

도서출판 청어람

전능의 팔찌 2부

THE OMNIPOTENT
BRACELET

목차

9권

Chapter 01

—

복잡하게 만들어!

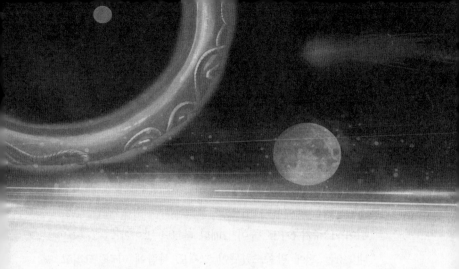

"어때, 이제 된 거야?"

"네! 잘하셨어요. 지금 딱 432Hz이에요. 제프가 도착하면 나머지는 그때 조정하면 돼요."

"그래! 인디케이터가 확실히 필요하네. 너무 답답해."

"네! 두 번째 건 한번 달아보죠."

"그래."

파동치료기의 주파수를 세팅하는 일은 쉽지 않다.

다이얼을 조절하면 얼마만큼씩 움직이는지 전혀 알 수 없는 때문이다. 하여 잔뜩 긴장한 채 조심스레 다이얼을 조작했다. 그래서 그런지 현수의 이마에 땀이 맺혀 있다.

"아예 만들 때 주파수를 그냥 432Hz로 고정하면 어때? 그래도 암 치료가 되기는 하지?"

"네! 그럼요. 시간이 오래 걸려서 그렇지요."

"그래? 그럼, 폴처럼 신체의 전기적 특성에 맞추면……?"

"그것도 개인차가 있겠지만 제 계산으론 12주 걸릴 게 6주 정도로 줄어들 거예요."

"뭐어? 12주가 6주로 줄어? 2배나 빠르단 말이야?"

"네! 조금 전에 말씀드렸듯이 그것도 사람에 따라, 그리고 암의 진행상황에 따라 다를 거예요."

현수는 잠시 턱을 괴었다.

"그럼 넉넉하게 잡으면 어때?"

"오차를 크게 잡아도 웬만하면 7~8주쯤 걸릴 거 같아요."

환자의 전기적 특성이 어느 정도면 맞아도 치료기간이 3분의 2 이하로 줄어들 수 있다는 것이다.

"제프는 말기 같은데 그때까지 버텨낼까?"

"그건…, 제프를 직접 봐야 알아요."

제프의 신체상태를 직접 체크해본 게 아니라 확답을 못 하는 모양이다.

"그래, 알았어."

고개를 끄덕인 현수가 다시 입을 연다.

"새로 만드는 거 말이야. 말기가 아니라면 범용을 쓰도록 하고, 말기 암 환자만 특별제작을 쓰라고 하면 되겠군."

"근데 완전 말기는 파동치료기만으로는 어려워요."

"그래…? 왜지?"

파동치료기가 있으면 모든 암을 치료할 수 있다면서 왜 이제 와서 딴 소리냐는 뜻이다.

"상황에 따라 암세포에 사전에 캔서봇을 주사하거나 엘릭서를 적당히 복용시켜서 시간을 벌어야죠."

"아! 그래, 그건 그렇겠다."

오늘 내일 하던 환자가 파동치료기를 본다 해서 갑자기 더 버틸 기력이 샘솟는 것은 아니기 때문이다.

"그나저나 방금 전 말씀은 Y—CC에서 팔 거 말씀하시는 거죠? 그거 어디서, 어떻게 만드실 건데요?"

"흐음! 당장은 필요 부품을 한국에서 제작하여 수입하고, 여기선 조립만 하는 걸로 할 생각이야."

"나중엔요?"

"당연히 여기서 다 만들어야지. 콩고민주공화국에도 뭔가 특산품이 있어야 하지 않겠어?"

"에? 특산품이 암치료기가 되는 건가요?"

"왜……? 그럼 안 되나?"

"안 될 거야 없지만 그래도 암치료기가 특산품이라고 하면 조금 웃기잖아요."

"그런가?"

생각해 보니 조금 이상하긴 하다. 어디서든 설계도만 있으면 만들 수 있는 것이기 때문이다.

"아무튼 그래! 근데 가격 정하는 게 애매하네."

"왜요?"

"암 치료가 된다고 하면 병원이나 의원에서 구입할 거고. 그걸 반복 사용할 거 아냐. 그럼……"

현수의 말은 중간에 잘렸다. 무슨 뜻인지 알았다는 듯 도로시의 말이 먼저 튀어나왔기 때문이다.

"그럼 양산제품의 필수부품 중 일부를 소모품으로 만들면 되잖아요."

"소모품으로 만들어? 뭐를?"

"뭐긴요. 인체와 직접 접촉하는 부위죠. 굳이 이름을 붙이자면 리드 센서 핀(Lead sensor pin)정도가 되겠네요."

"설명해 봐."

"생성된 파장을 인체에 공급하는 중간엔 미량의 하인스늄이 포함되어 있어요. 만능제작기로 만든 거요."

"그래? 거기에 그런 게 들어간다고?"

우라늄이나 플루토늄 같은 방사성 핵물질은 멀린늄으로 제작된 디신터봇과 접촉하면 하인스늄으로 바뀌게 된다.

하인스늄은 어떠한 경우에도 폭발하지 않는 매우 안정적인 성질을 가진 물질이다.

한편, 주파수발생기에서 만들어진 파동은 진동, 자기장, 전기장, 정전기, 음파, 전파 등에 의해 영향을 받을 수 있다.

전파를 예로 들자면 때에 따라 '보강간섭' 또는 '상쇄간섭'이 발생될 수 있다.

보강간섭(補强干涉)은 같은 위상의 두 파동이 중첩될 때의 간섭이다. 마루와 마루, 또는 골과 골이 만나서 합성파의 진폭이 2배로 커진다.

상쇄간섭(相殺干涉)은 반대 위상의 두 파동이 중첩될 때의 간섭이다. 마루와 골이 만나서 합성파의 진폭이 0이 되는 간섭으로 '소멸간섭(消滅干涉)'이라고도 한다.

하인스늄은 그 성질이 매우 안정적이라 이런 외부요인에 의한 영향을 받지 않도록 해준다.

다시 말해 어떠한 경우라도 늘 일정한 주파수가 유지되도록 하는 역할을 한다.

그래서 신일호가 만든 일체형 부품에 극소량이지만 하인스늄이 포함되어 있는 것이다. 환자에게 공급되는 주파수에 변화가 있으면 안 되는 때문이다.

아무튼 현재의 과학으론 멀린늄이나 하인스늄에 대해 아는 바가 전혀 없으며, 당연히 만드는 방법도 모른다.

따라서 하인스늄이 들어가는 일체형 부품이 소모품이 되도록 제작하면 된다.

"그럼 부품수명은 얼마가 적당하지?"

"가동 개시 후 10주 정도 버티는 걸로 하면 되죠."

부품 하나로 딱 하나의 환자에게만 사용할 수 있도록 한다는 뜻이다.

"그러려면 시간까지 카운트하는 부품이 추가되어야겠네."

"아뇨! 그럴 필요 없어요. 만능제작기로 만들 때 수명 값을 입력해 주면 되니까요."

가동되면 일정시간 후 퓨즈가 끊기듯 만든다는 뜻이다.

"그래? 그럼 너무 간단해 보이지 않을까? 그걸 외부에서 결정하도록 만들어야 조금 더 그럴듯하지 않겠어?"

암치료기를 결코 싸게 공급하지 않으려면 되게 복잡해 보여야 한다는 뜻이다.

"네! 알았어요. 조금 더 복잡하게 설계해 볼게요."

"아무도 복제할 수 없도록 하는 거 잊지 마."

"그럼 특허… 신청은 안 하실 거죠?"

현수의 말에서 무언가를 느낀 모양이다.

특허의 존속기간은 출원일로부터 20년이다.

일반적으로 특허는 출원일로부터 대략 12~15개월 정도의 심사기간이 소요되며, 심사결과 특허가 결정되면 그 특허기술을 공개하는 대신 20년 동안 독점권을 준다.

특허를 획득하려면 어떤 원리로, 무엇을, 어떻게 만들었는지 그 기술을 공개해야 한다.

한국의 상황이 이러하다. 미국에서 특허를 인정받으려면 다음 4 단계를 거쳐야 한다.

1. 미국 특허 검색 등록 가능성 확인
2. 미국 특허 출원 절차 진행
3. 출원된 아이디어 발명의 심사 과정
4. 미국 특허청의 특허 등록 결정 및 거절 결정

위의 특허 절차를 이행하려면 출원서 및 명세서를 제출하여야 하고, 도면과 출원 비용도 내야 한다. 최종적으로 특허 결정이 나면 등록료도 납부해야 한다.

그런데 현수는 아쉬운 것이 전혀 없다.

따라서 미국 특허청이 요구하는 일체의 과정을 성실하게 이행할 이유가 없다. 그리고 기술은 절대 공개할 수 없다.

현재로선 오파츠[1]에 버금갈 것이기 때문이다.

정말 효과 있는 암치료기가 만들어지고 그 효과가 입증되면 환자들은 알아서 몰려든다. 따라서 콩고민주공화국으로부터 사용승인만 받으면 된다.

현재로선 제프 카구지가 백혈병으로부터 안전해지면 저절로 얻게 될 권리이다.

"그딴 걸 왜 해? 당연히 안 하지."

이실리프 제국의 황제는 데미―갓(Demi―God)이다. 다시 말해 신격화(神格化)된 전지전능한 통치자이다.

회귀 아닌 회귀를 했지만 그때의 위엄이나 생각이 바뀐 것

1) 오파츠: 파츠(Out-of-place artifact, OOPArt): 역사학적, 고고학적, 고생물학적으로 불가능해 보이거나 비정상적으로 보이는 물체

은 아니다. 따라서 미국 등 다른 국가의 법률을 고분고분하게 준수해줄 하등의 이유가 없다.

아울러 파동치료기는 복제 불가능이다. 도로시가 설계도를 공개하더라도 핵심부품은 만능제작기로만 제작 가능하다.

따라서 각국으로부터 특허를 받을 수가 전혀 없다. 이론적 배경과 기술을 공개하는 게 쉬운 일이 아니기 때문이다.

그래서 특허 출원을 하지 않으려는 것이다.

복제를 하고 싶으면 하는 거다. 다만 그로 인한 부작용은 당사자 내지 복제품을 만든 인간들이 책임지면 된다.

그런 위험을 부담하고 싶지 않으면 Y—CC에서 생산한 것을 구입해서 쓰면 된다. 그걸 굳이 수입해서 쓰라고 강요할 마음도 없고, 광고할 생각도 없다.

이 땅에 Y—의료원이 지어지면 그곳에서만 써도 된다.

Y—LT(조차지)에 속한 직원과 그 가족만 암으로부터 자유를 누리는 것만으로도 충분하다.

"아뇨. 그냥요!"

"이 시점에 하인스늄을 내놓는 건 이르지?"

"아이고, 그럼요! 당연하죠."

너무도 안정적이라 하인스늄의 사용처는 상당히 많다. 모든 불안정한 물질들을 제어하는 데 효과 만점이기 때문이다.

어쨌거나 하인스늄이 특허의 핵심이라 할 수 있다.

파동치료기는 누구나 흉내 내어 만들 수 있다.

하지만 외부의 간섭으로부터 완벽하게 주파수를 유지시킬 기술은 현재로선 없는 때문이다.

범용은 그렇다 하더라도 말기 암 환자용은 0.001Hz 단위까지 완벽해야 하니 얼마나 예민하겠는가!

그런데 하인스뉴은 아직 공개돼선 안 될 물질이다. 따라서 특허를 출원하는 건 절대 안 된다.

"자! 그럼 결론이 났네. Y-CC에서 만들 캔서 컨트롤러 양산품 설계도 만들어봐. 핵심부품은 따로 제작하도록 하고."

"방금 말씀하신 건 범용인 거죠?"

"그래! 범용이라도 겉보기에 그럴듯해야 하고, 분해를 해보면 '와! 이건 진짜 정말 뭔가 다르다' 는 느낌이어야 해."

효과가 당연하고, 비싼 값에 팔 거니 그만한 가치가 있는 것처럼 보이게 하라는 것이다. 너무 간단하면 낸 돈이 아까울 수 있으니 하는 말이다.

"그럼요. 그렇게 설계할게요."

"그렇다 하여 아무런 기능도 없는 더미(Dummy)를 넣으면 안 돼. 조금이라도 회로에 작용하는 기능을 가져야 해."

"에고, 그런 거야 쉽죠."

"그래! 그리고 주파수를 인위적으로 조절할 수 있는 말기 암 환자용은 더욱 그럴듯하게 만들어. 알았지?"

"당연합니다. 믿고 맡겨주십시오."

"오케이!"

현수가 자리에서 일어서려 할 때 노크 소리가 들렸다.

똑, 똑, 똑—!

"네에. 문 열렸습니다. 들어오세요."

벌컥—!

대답하기 무섭게 문이 열린다. 그리고 중년의 아주머니 한 분이 들어선다.

이 아주머니는 현수에게 다가서며 울부짖듯 소리쳤다.

"선생님! 우, 우리 아이 수술을 맡아주세요."

사무엘 오벤의 모친의 음성은 떨리고 있었다. 결과를 알 수 없는 몹시 불안한 끈을 잡은 것 같은 표정이다.

그래서 그런지 거의 울 것 같은 얼굴이다.

"부인! 일단 진정하시고, 여기 앉으세요."

병상 옆 의자를 가리키자 시키는 대로 털썩 주저앉는다.

"남편이 뭐라고 해도 수술해주셔야 합니다. 꼭이요! 꼭!"

현수는 탁자의 물병을 들어 물 한 잔을 따랐다.

"네에, 그러겠습니다. 그전에 이 물부터 한 잔 마시세요."

부인의 입술껍질이 모두 일어나 있다. 얼마나 노심초사했으면 그럴까 싶다.

'도로시! 이 아주머니 조금 이상하지? 신체 상태 띄워봐.'

'넵!'

- 신장 165.2㎝   - 체중 61.9㎏
- 좌우시력 1.5, 1.2   - 면역지수 31
- 좌우 신장암 1기   - 당화혈색소 7.6

암도 암이지만 당뇨병까지 갖고 있다는 뜻이다.

            *   *   *

정상인이라 하더라도 하루에 약 5,000개의 암세포가 생겨
난다. 그럼에도 모두가 암에 걸리지 않는 이유는 면역기능 때
문이다. 건강하면 이들 암세포들은 저절로 소멸된다.

미나쿠 오벤의 부인은 아들의 부상 소식을 들은 이후 오늘
까지 잠을 제대로 이루지 못했다.

혹시라도 아들이 잘못될까 싶어서이다.

식사를 제대로 하지 못해 영양부족 상태였고, 제대로 쉬지
못해 피곤누적 상태가 되었다. 여기에 심리적 불안감이 더해
졌다. 그 결과는 면역지수의 대폭 하락이었다.

기다렸다는 듯 암세포들이 활동한 결과가 좌우 신장 모두
에 암이 발생된 것이다.

인체엔 순환계, 소화계, 내분비계, 비뇨기계 등이 있다.

모두 중요하지만 이중 가장 중요한 것 하나를 꼽으라면 단
연 순환계이다.

밥은 안 먹어도 며칠은 살 수 있지만 혈액순환이 제대로 이루어지지 않으면 금방 사망하기 때문이다.

한편, 인체 내부에는 여러 장기들이 있다.

심장, 폐, 간, 위, 신장, 췌장, 쓸개 등이 그것이다.

이들 중 폐와 신장만 2개씩 있다.

신장은 혈액 속 노폐물을 걸러 소변으로 배출시키는 역할을 하고, 폐에서는 혈액 속 이산화탄소를 배출하는 대신 산소를 흡수하는 가스 교환이 일어난다.

두 장기의 공통점은 혈액정화와 더불어 순환계와 직접적 관련이 있다는 것이다. 너무 중요하기에 2개씩 있는 것이다.

'어느 쪽 신장이야?'

'좌측에서 발생하는 암은 요로상피(尿路上皮)암이고요, 우측은 신실질(腎實質)암이에요.'

신장에서 발생하는 종양은 발생 위치에 따라 신실질에서 발생하는 종양과 신우에서 발생하는 신우암으로 구분된다.

신실질에서 발생하는 종양 대부분은 원발성 종양으로 그 중에서 85~90% 이상은 악성종양인 신세포암이다.

신우암은 신장에서 발생하는 암의 5~10%를 차지하고 있으며, 요로상피암이 주로 발생한다.

'헐~! 양쪽 다? 아직은 자각증상이 없겠지?'

'자각증상을 느끼면 이미 늦은 거죠.'

'하긴……!'

현수는 고개를 끄덕였다. 이를 이상히 여긴 모양이다.

"왜요?"

"아주머니 혈액검사를 한번 해보셔야 할 것 같습니다."

암세포가 증식 및 전이를 할 때는 주변의 혈관증식인자 및 각종 면역세포들이 영향을 주고받는다.

혈액으로 암을 진단하려면 CEA, AFP, CA19—9, CA125, PSA 등의 '암 표지인자 검사'를 한다.

이중 AFP와 PSA를 제외한 나머지는 민감도와 특이도가 낮아서 암을 예측하는 보조적 참고인자로 쓰인다.

"아드님 수술에 필요해서 그렇습니다. 잠시만요."

현수는 병실 전화로 원장실에 연락을 했다. 잠시 후 간호사가 와서 부인의 혈액을 채취해 갔다.

그러는 동안 메모를 작성했다.

암 표지인자 검사와 더불어 혈당검사, 공복혈당, 당 부하검사, 그리고 당화혈색소 검사를 하라는 내용이다.

얼떨결에 채혈을 마친 부인은 간호사가 채취된 혈액과 메모지를 가지고 나간 후 현수에게 시선을 준다.

환자는 아들인데 왜 본인의 피를 뽑았느냐는 의미가 아니다. 수술을 해줄 건지 말 건지를 묻는 표정이다.

"부인! 제가 아드님 상태를 보다 정밀히 파악한 후 가급적 빨리 수술을 하도록 하겠습니다."

"아아! 고맙습니다. 고맙습니다."

커다란 눈망울에 맺혀 있던 굵은 눈물이 떨어진다. 마치 죽음 속에서 구원의 손길을 받은 듯한 느낌인 모양이다.

부인이 돌아간 후 자리에서 일어났다.

"파동치료기 하나 더 만들긴 해야겠군."

"넵!"

잠시 후 현수는 경찰들의 경호를 받으며 파라다이스 백화점 등을 돌며 필요한 전자제품들을 구입했다.

그리곤 어제 사용했던 경찰서 사무실에서 또 하나의 파동치료기를 만들어냈다.

한번 해봐서 그런지 이번 것은 시간이 훨씬 덜 걸렸다.

새로 만든 것은 현재의 주파수를 확인할 수 있는 인디케이터가 달려 있고, 주파수 조정 다이얼도 늘어났다.

100, 10, 1 그리고 0.1과 0.01, 0.001단위의 Hz를 조절하는 다이얼들이다. 여전히 엉성한 모습이지만 누가 봐도 이전의 것보다는 한 단계 발전된 듯하다.

'다 된 거지? 확인해 봐.'

'이상 없어요. 아! 제프가 이제 막 병실로 올라왔어요.'

'그래? 가자.'

경찰서를 떠나 무툼보 병원까지는 금방이었다.

"아! 어서 오십시오."

가에탄 카구지 부부는 현수의 손에 들린 파동치료기에 시선을 준다. 폴에게 사용했던 것보다 훨씬 복잡해 보였다.

"아이를 살펴보고 이걸 설치해야 합니다. 참! 아이의 의무기록부터 주십시오."

"네! 여기에."

가에탄 카구지가 건넨 것은 필라델피아 어린이병원 의무기록이 담긴 USB였다.

노트북에 연결해서 확인해보니 언제, 어떤 의약품을, 어떤 방법으로, 어떤 의료진이, 얼마나 투여했는지, 그리고 그 후의 몸 상태가 어땠는지 꼼꼼하게 기록되어 있었다.

도로시에게 들어서 다 아는 내용이지만 그래도 혹시 몰라 육안으로 모두 확인했다.

제프 카구지는 임상시험도 마쳐지지 않은 여러 종류의 신약을 투여 받았다.

모두 효과가 없었으며, 일부는 부작용까지 일으켰다. 아이에게 오히려 독이 되어버린 것이다.

그래도 어쩌겠는가!

아들을 살리고픈 일념에서 빚어진 일인지라 고개만 끄덕이고 넘어갔다.

한편, 가에탄 카구지를 비롯한 병원장과 모든 의료진들은 마른 침을 삼키며 현수의 일거수일투족에 시선을 집중시키고 있었다. 그렇게 10분쯤 지났다.

"자아, 이제부터 이 기기를 설치할 겁니다. 여러분 모두 잠시 자리를 비워주시겠습니까?"

"아! 네, 그러지요."

말 떨어지기 무섭게 카구지 부부와 병원장 및 의료진들이 물러섰다.

현수는 병상에 누워 있는 제프에게 시선을 주었다.

아주 오래전, 제프가 아저씨라 부르며 따르던 시절이 있었다. 제프가 10살쯤 되었을 때이다.

그러던 어느 날 부쩍 성장한 모습으로 만나게 되었다. 현수가 아주 바쁘게 움직이던 시절이다.

꼬맹이였던 제프는 이실리프 의료원 옆 킨샤사 이실리프 의과대학 학생이 되어 있었다.

그때 제프의 어깨를 두드리며 공부 열심히 해서 훌륭한 의사로 성장하라고 격려해줬다.

또다시 세월이 흐른 뒤 만났을 땐 이실리프 의료원의 외과 과장이었다. 그때는 산전수전을 다 겪은 노련한 의사였다.

그리고 얼마 지나지 않아 콩고민주공화국 보건부장관에 취임하였다. 가에탄 카구지가 두 번째 대통령 임기를 시작하고 얼마 안 되었을 때의 일이다.

콩고민주공화국 보건부에서 협조 요청할 일이 있다 하여 알현을 허락하고야 제프가 보건부장관이라는 걸 알았다.

이때의 제프는 현수의 말이라면 팥으로 메주를 쑨대도 믿을 정도로 열렬한 팬이라고 했다. 커서 현수같이 멋진 사람이 되는 것이 어릴 적 소원이었다는 말도 했었다.

허허 웃으며 '그랬느냐?'고 했던 기억이 있다.

그리고 또 세월이 흘러 제프를 만났을 때엔 노인이 되어 있었다. 그때도 현수는 혈기왕성한 청년의 모습이었다.

그때 이런 말을 하였다.

"아저씨는, 아니, 폐하는 마법사시죠?"

"그렇단다."

"역시! 그러실 줄 알았어요. 아저씨는 대단하세요."

제프는 주름이 자글자글한 얼굴로 웃고 있었다. 현수가 너무도 자랑스럽고, 존경스러워서 웃은 것이다.

그다음으로 본 것은 제프가 사망하기 이틀 전이다.

제프가 죽어가고 있으며 현수를 알현하고 싶다는 전갈이 있었기에 이실리프 의료원을 찾았던 때이다.

그때 제프는 힘없는 음성으로 이렇게 말하였다.

"아저씨! 아저씨를 알아서 너무나 영광스러웠어요."

"그랬니? 나도 너를 알아 좋았단다."

"마법사이신데 혹시 소원을 빌면 들어주실 수 있나요?"

"그래! 내가 들어줄 수 있다면 들어주마. 소원이 있거든 말하려무나."

"뭐든 다 돼요? 저를 다시 젊어지게 해주실 수 있어요?"

"그래? 그걸 원하면 그리해 주마."

현수의 고개가 천천히 끄덕여졌다. 정말로 그렇게 해줄 능력이 있었던 것이다.

"역시 멋진 마법사세요. 하지만 그건 제 소원이 아니에요."

"그래? 그럼 뭐지?"

"다음 생에… 다음 생엔 아저씨의 아들이 되고 싶어요. 그게 제 마지막 소원이에요."

　늙어서 진물까지 배어 나오는 흐리멍텅한 눈이지만 진심이 어려 있었기에 현수는 아무런 대꾸도 하지 않았다.

"……!"

"아저씨는 제 우상이세요. 저는 아저씨를 알고 지낸 세월이 너무 좋았어요. 그래서 아저씨처럼 되고 싶어서 정말 열심히 노력했어요."

"그래! 그랬구나. 고생했다."

"네! 지금껏 한 번도 말씀 안 드렸지만 아마도 전 아저씨를 열렬히 사랑하고, 존경했나 봐요."

"그랬니? 고맙구나."

"아뇨! 오히려 제가 고맙지요. 고맙습니다. 제가 아저씨를 사랑할 수 있게 해주셔서."

　제프는 정중히 고개를 숙여 진심임을 표했다.

"그래, 그래! 이제 편히 쉬거라. 그리고 다음 생엔 꼭 내 아들로 태어나려무나. 나도 널 알아서 좋았다."

　현수가 제프의 흰머리를 쓰다듬었다.

청년이 노인의 머리를 쓰다듬는 모습이었지만 제프의 자식들은 어느 누구도 이에 대해 말하지 않았다.

현수가 이실리프 제국의 황제이며, 죽어가는 아버지보다도 나이가 많다는 걸 알기 때문이다.

"네! 사랑해요. 아저씨! 이제 안녕히 계세……"

제프 카구지는 말을 끝맺지 못하고 의식을 잃었다.

즉각 의료진이 달려들어 어떻게든 구명하려 했으나 너무 노쇠한 몸이라 백약이 무효였다.

현수는 얼마든지 상황을 되돌릴 수 있었지만 그러지 않았다. 제프가 진정 원하는 것이 무언지를 아는 때문이다.

제프는 콩고민주공화국 보건부장관의 임기를 마친 후 이실리프 의료원장으로 재직했다.

당연히 미라힐과 엘릭서에 대해 알고 있었지만 끝내 그걸 복용하지 않았다. 자연에 순응하고 싶어서였고, 현수의 아들로 태어날 다음 생을 너무나 고대(苦待)했던 때문이다.

제프의 얼굴을 보니 2,800년하고 몇 십 년쯤 전의 이 기억이 떠올랐다.

"오랜만이구나, 제프야!"

나직이 중얼거린 현수는 의식이 없는 제프의 머리를 가만히 쓰다듬어 주었다.

"도로시! 측정 중이지?"

"네! 근데 그냥은 안 돼요. 많이 늦었어요. 엘릭서 화이트 원액 5㎖를 즉시 주입해야 해요."

"5㎖를 즉시……?"

"네, 지금 위급상황이에요. 어서 허가해주세요."

필라델피아로부터 이곳까지 이송되는 것이 제프에게 악영향을 끼친 모양이다.

"알았어! 주입해."

현수가 명이 떨어지자 신일호가 즉각 엘릭서 화이트를 주입했다. 이때 현수의 입술이 다시 열렸다.

"캔서봇과 클린봇도 주입해."

하나라도 더 주고 싶은 마음의 발로이다.

"네! 지시대로 합니다."

"도로시! 주파수는……?"

"432.513㎐에 맞춰주세요."

"알았어."

얼른 다이얼을 돌려 주파수를 맞춰놓았다. 인디케이터에 숫자로 표현되니 오전보다 훨씬 쉬웠다.

♬♪♩♪♩♪~ ♪♩♪♬♩♪~

폴은 파동이 뇌로 전해졌지만 제프는 심장으로 보내진다. 모든 혈액이 심장을 통해 전신으로 공급되는 까닭이다.

"이제 괜찮겠지?"

제프의 심장에 파동이 전해질 전극을 고정시키는 패치를

붙이고 물러서며 한 말이다.

"잠시만요. 지금 반응을 살피고 있어요."

도로시의 검사가 끝난 것은 약 10초가 지나서였다.

"됐어요. 안정기에 접어들었어요. 파동발생기의 장치에 문제가 발생되지 않는다면 23일 정도면 괜찮아질 거예요."

"23일? 개인차가 있어도 최소 4주라 하지 않았나?"

"원래는 그렇죠. 하지만 엘릭서를 주입했잖아요."

"아! 그렇군."

적은 양이기는 하지만 활기를 불어넣고, 생명의 끈을 조금 더 확실하게 잡아주는 역할을 하고 있을 것이다.

Chapter 02

—

한 달만 기다려봅시다

"사실 위급한 상황이었어요."

매우 심각했다는 뜻이다.

"그랬어……?"

"네! 이 아이는 미국에 있었어도 일주일을 못 넘겼을 거예요. 폐하를 만난 건 정말 천운이네요."

"그랬구나! 근데 마나포션을 조금 먹이면 어떨까?"

마나포션은 마나 고갈현상을 해결시켜 주는 것이다. 동시에 기력회복에도 큰 효험을 보인다.

한편, 회복 포션은 모든 내 외상에 효과가 있다.

"엘릭서가 그 노릇을 다하고 있으니 안 주셔도 돼요. 차라리 깨어나면 그때 주세요. 지금은 금간 유리잔 같거든요."

과유불급(過猶不及)을 뜻하는 말이다.

"알았어!"

현수는 여전히 의식이 없는 제프를 바라보았다.

"제프야! 다음 생은 아니겠구나. 아무튼 다시 만나서 반갑다. 이번에도 훌륭한 어른으로 성장해다오."

나직이 중얼거리고는 병실 밖으로 나갔다.

가에탄 카구지 부부와 병원장 및 의료진들이 반색하며 눈빛을 빛낸다. 어떻게 되었느냐는 뜻일 것이다.

"일단 제프의 치료는 시작되었습니다. 기기 특성상 극도의 정숙이 필요합니다. 사람의 음성 같이 작은 진동만으로도 악영향이 가해질 수 있습니다."

"……!"

무언가를 물으려던 사람들이 일제히 입을 다문다. 자칫 제프에게 나쁠까 싶은 것이다.

"그러니 다른 곳으로 가서 이야길 나누십시다."

모두들 고개만 끄덕인다. 현수는 병실 문을 열려던 가에탄 카구지에게 시선을 준다.

"내무장관님도 오늘은 병실에 들어가지 마시기 바랍니다. 흡연을 하시기 때문입니다."

"……?"

다들 무슨 뜻이냐는 표정이다.

"흡연 직후엔 담배 연기가 폐에 남아 있기 때문에 호흡을 통해 니코틴이 옮겨질 수 있습니다."

"그런가요?"

"네! 흡연 후 1분 안에 배출량이 줄어들기는 하지만 14분 정도는 지속적으로 배출됩니다."

"……!"

"따라서 담배를 피우지 않으셨어도 오늘은 병실에 들어가지 마시기 바랍니다."

가에탄 카구지가 고개를 끄덕인다. 이 순간 제프가 어렸을 때 아이를 안고 담배를 피우곤 했던 기억이 떠올랐다.

'담배를 끊어야겠군.'

가에탄 카구지가 이런 생각을 할 때 현수의 시선은 카구지 부인에게 향해 있었다.

"부인은 병실에 들어가셔도 되지만 절대로 만지시면 안 됩니다. 말을 걸지도 마시고, 조용히 눈으로만 살펴십시오."

"네에!"

"아이에게 무언가를 먹이셔도 안 됩니다."

"알겠어요."

카구지 부인은 다소 겁먹은 표정이다.

"제프는 현재 암세포와 싸우는 중입니다. 배려해주면 이겨 낼 테니 걱정 마시고 지켜만 보십시오."

"약속할게요."

카구지 부인이 고개를 끄덕인다.

"병원장님! 당분간 모두의 병실 출입을 금합니다."

"알겠습니다."

"링거액 교체도 지극히 조심스러워야 합니다. 아울러 어떠한 의료행위도 하지 않도록 주의 주셨으면 합니다."

"네! 그렇게 하겠습니다."

"그럼 이제 자리를 옮기시죠."

"네에."

병원장은 컨퍼런스 룸(Conference room)으로 일행을 안내했다. 잠시 후, 현수는 단상에 섰고, 가에탄 카구지를 비롯한 공무원과 의료진들은 의자에 앉았다.

모두가 착석한 것을 확인한 현수가 입은 연다.

"오늘 설치된 기구는 'Y—Cancer Control' 이란 의료기구입니다. 각종 암을 치료해 내기 위해 고안된 것으로 파동을 이용한 암치료기로 이해하시면 됩니다."

"……!"

모두들 조용하다. 이곳 공무원이나 의료진이 이해할 수 없는 이야기인 때문이다.

"저는 이 기구를 조절하여 제프의 고유특성에 주파수를 맞췄습니다. 당장은 아무런 효과가 없는 것 같을 수 있지만 적어도 4주 이내엔 가시적 성과가 있을 것이라 생각합니다."

잠시 말을 끊자 병원장이 버쩍 손을 든다.

"방금 말씀하신 4주는 제프가 의식을 찾을 때까지 걸리는 시간입니까?"

"아닙니다. 제가 말씀드린 4주는 제프를 괴롭히는 림프모구성 백혈병으로부터 완전히 안전해지는 기간입니다."

"네에? 그, 그럼 백혈병이 4주 안에 완치된다는 겁니까?"

도저히 믿을 수 없다는 표정이다. 그러거나 말거나 현수의 고개가 끄덕여진다.

"제 계산이 맞다면 그렇게 될 겁니다."

웅성 웅성, 웅성 웅성…….

의료진들이 일제히 뭔가를 이야기한다.

도저히 믿을 수 없다는 말과 원리가 무엇일까 하는 이야기가 대부분이다.

이때 누군가가 소리친다.

"아까 자그마한 진동으로도 문제가 될 수 있다고 하셨는데 그것의 기준은 뭡니까?"

"제프에게 사용된 'Y—Cancer Control'은 시장에서 판매되고 있는 의료기구가 아닙니다."

"그럼, 시제품이라는 말씀이십니까?"

"네, 시제품인 거 맞습니다."

"무슨 원리인지는 모르겠습니다만 그게 백혈병에 효과가 있다는 걸 뭐로 증명할 수 있습니까?"

현수를 타박하려는 물음이 아니라 궁금해서 하는 말이다.

"'Y—Cancer Control'의 시제품은 이미 한차례 그 성능이 입증된 바 있습니다."

말 떨어지기 무섭게 누군가 대꾸한다.

"식물인간이었던 폴 쿠아레의 경우를 말씀하시는 겁니까?"

"맞습니다. 저는 'Y—Cancer Control'을 의료기구로 만들려는 생각이 있습니다. 그런데 그 이론적 배경이 너무 복잡해서 지금은 자세히 설명할 수 없습니다."

"그럼 약효가 입증되지 않은 신약 임상시험을 하는 것과 같다는 말씀이십니까?"

의료진 중 누군가의 태클이다. 악의가 있어서 그런 게 아니라 과학자나 다름없는 성향이라 묻는 말일 것이다.

"임상시험은 이미 오래전에 마쳤습니다. 파동치료기는 1930년대에 미국에서 만들어진 적이 있습니다. 그때는……."

잠시 현수의 설명이 있었다.

의료진들은 현수의 말에 따라 휴대폰으로 미국의 저명한 미생물학자 로얄 레이몬드 라이프(Royal Raymond Rife)를 검색해보았다.

1934년에 말기암 환자 16명에 대한 임상실험이 있었고, 14명은 3개월 이내에, 나머지 2명은 4개월 이내에 완치되었다는 자료를 보고는 다들 놀란 표정이다.

"어? 이런데 왜 지금껏 파동치료기가 없었지?"

누군가의 중얼거림이다.

암(癌)은 인류의 적이다. 80년쯤 전에 이미 그 방법을 찾았는데 왜 아무도 몰랐었나를 중얼거린 것이다.

"이후 라이프 박사와 그의 동료 및 조수들은 모두 의문의 죽음을 당했습니다. 이는 아마도……"

현수의 이야기를 듣고는 모두 고개를 끄덕인다. 충분히 납득했다는 뜻이다.

"아무튼 그때의 그것에 착안하여 만들어진 것이 폴과 제프에게 사용되는 것입니다. 폴은 이미 깨어났고, 이제 제프가 어떤지만 두고 보면 됩니다."

모두들 아무런 대꾸가 없다.

"제가 만든 건 라이프 박사의 그것보다 훨씬 더 정밀한 겁니다. 그러니 4주일만 기다려 주십시오."

짝, 짝, 짝짝, 짝짝짝짝짝짝짝짝짝…!

현수가 발표를 마치고 가볍게 고개를 숙이자 컨퍼런스 룸은 우레와 같은 박수 소리로 가득 채워졌다.

남아공 출신의 젊은 의사가 어쩌면 새로운 역사를 쓰는 것일지도 모른다. 그리고 첫 발자국을 함께 떼게 된 것만 같아서일 것이다.

*　　　　*　　　　*

"민 부사장님? 접니다, 하인스 킴!"

─아이고, 대표님! 왜 이렇게 연락이 안 됩니까?

음성만으로도 반색하는 모습이 그려진다.

"저, 지금 외국에 나와 있어서요. 나오면서 깜박 잊고 로밍²⁾ 신청을 안 해서 연락이 안 됐나 봐요."

실제로 현수는 로밍 신청을 하지 않았다. 도로시도 챙기지 못했다. 둘에겐 너무 구닥다리 통신망이었던 결과이다.

이곳에 오기 전엔 아무런 중계기가 없어도 지구와 달 사이의 직통통화가 가능한 '생체폰'을 사용했었다.

이것은 손등이나 팔목 안쪽에 이식하는 '개인폰'이다.

만 3세가 되면 국가에서 무료로 제공하며, 평생토록 사용하는 것이다. 사용요금은 당연히 없고, 실시간 업데이트는 물론이고, 무선 업그레이드까지 가능하다.

통화뿐만 아니라 신분증과 신용카드 역할도 하며, 본인의 위치와 건강상태까지 체크 가능한 다목적 통신기기이다.

참고로, 지구와 달 사이의 거리는 38만 3,000㎞나 된다.

전파가 오가는 데 걸리는 시간이 있어 약간 답답하기만 할 뿐 통화 품질은 바로 곁에서 말하는 것과 같다.

이런 무선송수신 기술의 안정 통신거리는 100만㎞이다. 실제로는 이보다 더 먼 거리에서 통신되었던 적도 있다.

한국에서 아제르바이잔까지의 거리는 아무리 많이 잡아줘도

2) 로밍(Roaming): 해외에서 기존에 국내에서 쓰던 번호로 이동통신 기능을 가능하게 해주는 서비스

2만㎞가 못 된다. 적도를 따라서 잰 지구 둘레가 4만 76.6㎞이기 때문이다.

· 현수나 도로시의 입장에서 보면 '고작 2만㎞도 못 가는데 로밍 신청이 웬 말인가!' 이다.

하여 민 부사장이 아무리 통화를 하려 해도 '통화권 이탈'이라는 메시지만 들을 수 있었을 것이다.

—외국이요? 외국 어디신데요?

"아, 여긴 콩고민주공화국이라고 아프리카 대륙 중간쯤에 있는 나랍니다."

—헐……! 아프리카요? 멀리도 가셨네요.

"네, 여기에 중요한 일이 있어서요. 그나저나 뭐 급한 일 있으셨어요?"

—네! 검정골 아파트, 그거 어떻게 해야 하나 싶어서요.

천지건설이 화성시 향남읍 검정골 부락 뒤쪽에 건설한 아파트 1,230세대를 일괄 매입한 것은 지난 8월 31일이다.

이 아파트는 총 14개 동으로 이루어져 있는데 18평형 198가구, 25평형 406가구, 32평형 496가구, 그리고 45평형은 130가구로 구성되어 있다.

아제르바이잔의 수도 바쿠에 위치한 헤이다르 알리에프 국제공항에 도착했을 때 신형섭 사장으로부터 준공되었다는 이야기를 들은 바 있다.

하여 1,230세대 중 1,110세대는 Y—메디슨, 나머지 120세대는 Y—PS 법인 명의로 등기하도록 했다.

Y—PS에게 배정된 것은 18평형 20가구, 25평형 40가구, 32평형 50가구, 45평형 10가구이다.

원래는 1,200 : 30으로 생각했으나 나중을 위해 1,110 : 120으로 조정한 것이다.

이를 위해 두 법인의 자본금이 추가되었다.

Y—메디슨은 3억 달러로 늘어났고, Y—PS는 2억 달러로 상향되었다. 경황이 없었는지 주효진 변호사는 등기 후에야 이러한 사실이 있었음을 통보하였다.

안티발드와 안티류머 생산라인을 구축하는 한편, 연구직 및 생산직을 계속해서 뽑고 있던 중 주효진 변호사의 방문을 받은 민윤서 부사장은 멍한 얼굴이 되었다.

지난 8월 31일에 현수와 통화를 하면서 벌써 직원이 500여 명인데 이들 대부분 출퇴근 때문에 고생이라고 했다.

실제로 서울, 부천, 인천, 수원 등지에서 공장으로 출퇴근하려면 상당히 긴 시간이 소요된다.

민 부사장은 사원복지 차원에서 이들을 위한 기숙사를 짓는 게 어떻겠느냐는 의견을 내놓았다.

공장부지가 넓으니 짓고자 마음만 먹으면 가능한 일이긴 하다. 문제는 확장성이다.

나중에 공장을 넓히려 해도 양쪽 옆에 자리 잡은 다국적 제약사 공장을 매입하는 건 요원한 일이기 때문이다.

이에 현수는 본인이 알아서 하겠다는 말을 했었다.

그리고 며칠 후 주효진 변호사의 방문을 받은 것이다.

주 변호사는 등기권리증을 가지고 왔다. 향남읍에 준공된 Y-아파트 1,110세대의 것이다.

이게 뭐냐고 물으니 하인스 킴 대표가 Y-메디슨 명의로 매입한 사원용 아파트라 하였다.

무려 1,110세대나 된다는 말에 민 부사장은 화들짝 놀라지 않을 수 없었다. 그런데 놀랄 일은 그게 끝이 아니었다.

이 아파트 입주자는 상하수도 요금만 부담하면 된다.

나머지는 모두 회사 부담이다. 관리비는 물론이고, 전기요금, 가스요금, 인터넷 요금까지 포함된다.

이럴 경우 주거비가 월 10,000원 미만이 될 수도 있다.

주 변호사는 실제로 거주하게 될 가족 수에 따라 배분하라는 말을 전했다. 다만, 부모를 제외한 본인 또는 직계가족 소유의 부동산을 보유한 자는 제외하라고 하였다.

이때 다음과 같은 대화를 나눴다.

─네? 집을 팔아야 입주할 수 있다고요?

민 부사장은 그게 무슨 뜻이냐는 표정이었다.

"네! 대표님 말씀이 그러합니다."

─그게 그리 쉽게 팔리나요? 요즘 집값 팍팍 떨어지는 상황이라 그걸 사려는 사람이 없는데요.

"대표님께서 말씀하시길 임직원들이 보유하고 있는 부동산

을 매각하겠다고 하면 1개월 전 가격으로 전량 매입하겠다고
하셨습니다."

―네에? 1개월 전 가격이요?

서울 서초구 소재 아파트를 예로 들자면 1개월 전 가격이
10억 원이었다면 현재는 7억 원 정도로 쪼그라들었다.

불과 1개월 사이에 30% 정도가 떨어진 것이다. 갑자기 매
물이 엄청나게 늘어난 결과이다.

*　　　　　*　　　　　*

"개인별 접촉도 가능하며, 부사장님께서 취합하여 Y―인
베스트먼트 부동산팀으로 연락하시면 일괄 매각도 가능합니
다."

현재 가치로 7억 원인 부동산을 10억 원에 사주고, 무상으
로 거주할 수 있는 새 아파트를 제공한다.

부동산을 팔았으니 더 이상 재산세를 내지 않아도 되고, 대
출금에 대한 이자 및 원금 납입으로부터 자유롭게 된다.

남은 돈을 은행에 예치하면 거꾸로 이자를 받을 수 있다.

그럼에도 본인 소유의 부동산을 매각하지 않겠다면 장거리
출퇴근을 해야 한다.

아이들 교육 문제가 있을 수 있지만 지금은 거의 재난급 경
제 상황이다. 따라서 보유 부동산을 움켜쥐고 있는 것은 미련

한 짓이 될 것이다.

―아! 네에.

주효진 변호사가 내놓은 메모지엔 Y―인베스트먼트 부동산 팀 전화번호만 쓰여 있었다.

"이름을 봐서 아시겠지만 대표님께서 운영하시는 회사입니다. 임직원들이 보유한 부동산을 매각하겠다고 하면 계약과 동시에 일시불로 치러질 겁니다."

―네에.

민 부사장은 새삼 현수의 현금 동원력에 감탄하지 않을 수 없었다. 보유 부동산이 얼마가 되든 모두 사겠다는 뜻이 아니 겠는가!

―근데 아파트나 주택만 해당되는 겁니까?

"아닙니다. 부동산의 종류와 상관없이 모두 매입하신답니다. 전답, 임야 등도 모두 포함된다는 말씀이지요."

―헐……!

민 부사장은 나직한 탄성을 냈다. 끝을 알 수 없는 재력에 경외심이 돋은 것이다.

주효진 변호사는 알아서 하라고 했지만 '어찌 독단적으로 결정을 내리겠는가!' 하여 계속 현수에게 연락을 취했다.

그런데 매번 통화권 이탈이라 하여 무슨 일이 있나 싶었다. 전화기가 망가졌을 수도 있고, 현수에게 문제가 발생되었을 수도 있다 싶어서 구수동 Y―엔터 사옥에도 가봤다.

거기서 조연 지사장을 만날 수는 있었으나 행선지를 알 수 없어 답답한 나날을 보내던 중이다.

대표에게 문제가 발생되었다면 회사 운영자체에도 큰 영향이 끼쳐질 것이기 때문이다.

하여 진행되던 일들을 중단시킨 채 현수와의 연락만 고대하고 있던 차에 전화가 걸려온 것이다.

"아! 그 아파트 가보셨어요? 새로 지은 거라 괜찮죠? 천지건설에서 공을 많이 들였다고 하더라고요."

―네! 좋더군요. 단지가 아주 깔끔하게 조성되어 있습니다. 근데 정말 직원들에게 무상으로 제공해도 됩니까?

"그럼요! 그러려고 매입한 겁니다. 참! 민 부사장님도 출퇴근하기 힘드실 테니 큰 걸로 하나 사용하십시오."

―……!

마포에도 아파트를 제공받았는데 또 하나를 쓰라고 한다.

"입주 조건은 주 변호사님에게 말씀 들으셨죠? 그거 확실히 해주셔야 합니다."

―직원 보유 부동산 매각하는 거 말씀하시는 거죠?

"네! 앞으론 부동산을 보유하는 게 미련한 짓이 될 겁니다. 그러니 이 기회에 다 털어버리라고 하세요."

―알겠습니다. 그렇게 전하지요.

"그거 일정기간이 지나면 매입하지 않은 겁니다."

기회를 놓치면 7억 원에서 더 떨어질 수 있다. 그 손해는 온전히 보유자 책임이라는 뜻이다.

─네, 알겠습니다.

"그나저나 우리 공장에서 백신 제조 가능한가요?"

─백신이라고 하시면 어떤 것을……?

"말라리아, 장티푸스, 콜레라, 홍역 백신이 필요합니다."

─시간만 주시면 가능하죠. 근데 얼마나 필요하신지요?

"일단 각각 5,000만 명분이 필요해요. 최대한 빨리 만든 뒤 연락 주십시오."

─네에……? 어, 얼마요?

"네 종류 전염병 백신 각각 5,000만 명 분이에요. 다 합치면 2억 명 분량이겠네요."

─끄응……!

민 부사장은 나직한 침음을 냈다.

이 정도면 생산라인 일부를 바꿀 일이 아니다. 외주를 주거나 새로운 공장을 짓는 편이 나을지도 모른다.

"이거 전부 콩고민주공화국에 무상 제공하는 겁니다. 그러니 절대로 외주 주지 마세요. 그럼 비용이 너무 커지니까요. 그리고 품질관리 확실히 하셔야 합니다."

─진짜 그렇게나 많이요?

민윤서는 Y─메디슨의 CMO이다.

Chief Marketing Officer의 이니셜로 '최고 마케팅 관리

임원'을 뜻한다. 본인 돈은 한 푼도 투자되어 있지 않지만 CMO로서 돈을 생각하지 않을 수 없다.

하여 무슨 명목이냐는 뜻으로 반문한 것이다.

"여기 의약품 시장을 독점할 수 있을 거 같아요."

―네? 그게 무슨……?

"여긴 약국이랄 게 없어요. 당연히 약사도 없지요."

―그런데 어떻게……?

"곧 의약품을 수입하여 배포할 권리를 얻게 될 겁니다. 따라서 소화제, 소염제, 진통제, 해열제, 지사제, 소독약 등 거의 모든 종류의 의약품도 제조해야 합니다."

―네에? 뭐라고요?

민윤서는 눈을 크게 떴다.

"여기 국민이 대략 8,080만 명입니다. 근데 제약회사가 하나도 없어요. 그러니 병원용과 약국용 의약품들을 Y―메디슨에서 생산하여 수출하도록 준비하세요."

―헐~!

"아! 공장부지가 3만 평이면 조금 좁겠네요. 잠시만요."

민 부사장과 통화하던 현수는 도로시로 하여금 향남제약단지 일대의 지도를 띄우라 하였다.

"아파트가 있는 검정골 인근 309번 국도 건너편의 농지 20만 평 정도를 긴급히 매입하도록 할게요."

―네……? 얼마를 사요?

민 부사장은 지금 건사하고 있는 3만 평도 크다고 생각하고 있었다. 그런데 그것의 6배가 넘는 면적을 이야기한다.

"한 20만이나 21만 평쯤 될 거예요. 부지를 매입하면 거기에 공장지어야 하니까 부사장님은 생산 가능한 품목을 알려주세요. 그럼 천지건설에서 공장을 지을 겁니다."

―끄응~!

민 부사장은 낮은 침음을 냈다. 그러고는 말을 잇는다.

―그러니까 8,000만 명쯤 되는 사람들에게 필요한 온갖 의약품을 만들어내라는 건가요?

"정확해요! 품목만 알려주면 공장을 건립할게요."

원료, 함량, 생산라인 등을 고려해서 지어준다는 뜻이다.

―네. 알겠습니다.

"민 부사장님! 거기서 생산되는 건 전량 콩고민주공화국으로 수출된다고 생각하시면 됩니다."

―네……? 내수는 일체 안 하신다고요?

"그럴 생각이에요. 우리가 내수까지 하겠다고 나서면 기존 제약사들이 가만히 있을까요?"

상당히 귀찮게 할 것이 뻔하다. 식약청 등을 들쑤셔서 태클을 걸거나 괴롭힐 확률이 매우 높다.

그런데 굳이 그럴 이유가 없다.

겨우 5,000만 명 정도인 내수시장을 쪼개먹으려고 다른 제약사들과 치열한 경쟁을 하느니 인구 8,000만 명 정도 되는 시장을 독점하는 것이 훨씬 이익인 것이다.

―대표님! 의약품 종류가 얼마나 많은지 아십니까?

"의약품의 종류요? 우선 전문의약품과 일반의약품으로 나눌 수 있겠죠. 내복약의 경우는 정제, 캡슐제, 산제, 과립제, 액제 등의 형태가 있으니 어마어마하게 많겠네요."

―잘 아시네요. 따라서 우리가 전부를 만드는 건 불가능해요. 20만 평으론 절대 소화 못 시킵니다.

이건 민 부사장의 생각이다.

땅이 20만 평이나 있는데 왜 못 만들겠는가!

공장을 고층으로 짓되 상호 유기적인 역할을 맡도록 하면 충분히 가능한 일이다. 생산라인 공유도 한 방법이다.

실제로 이실리프 제국에선 그렇게 했다.

정화 마법이 가능하니 공장에서 발생되는 매연, 분진, 산업 폐기물, 오폐수 등을 확실하게 처리할 수 있다.

다시 말해 환경오염을 확실하게 제어할 수 있다.

하여 한곳에 몰아놓는 것이 이익이다. 이럴 경우 나머지 공간은 자연 그대로 보존할 수 있는 때문이다.

이곳은 한국이고 현재로선 정화 마법을 쓸 수 없다. 따라서 고층 공장을 짓는 건 일단 배제되어야 할 상황이다.

"그럼 땅을 더 사달라고요?"

―아뇨! 땅이 200만 평이 있어도 모든 의약품을 다 생산하는 건 비효율적이라는 말씀입니다.

"…그럼, Y—메디슨에서 생산할 수 있는 품목만 정해서 알려주세요. 나머진 다른 제약사로부터 납품받을 테니."

—네! 자세한 내용은 이메일로 보내 드리겠습니다.

"그래요! 일단은 백신 먼저입니다."

—네! 알겠습니다. 말라리아, 콜레라, 장티푸스, 홍역 백신 각각 5,000만 명분을 준비하겠습니다.

"그래요. 수고해 주세요. 귀국하면 공장으로 가볼게요."

—네! 알겠습니다.

현수가 통화를 마칠 즈음 도로시는 김승섭 변호사에게 연락을 취하고 있었다. 방금 언급된 땅을 집중적으로 매입하라는 지시를 내릴 목적이다.

이 땅은 외국인 투자지역으로 지정될 것이다.

이럴 경우 단지 조성 땅값의 40%가 정부예산에서 지원되며, 진입로 등 기반시설도 정부에서 갖춰준다.

아울러 7년간 법인세 및 소득세를 100% 감면해 주고, 그 이후 3년 동안은 50%만 징수한다.

또한 취득세, 등록세, 재산세, 종합토지세 등 지방세 역시 8~15년간 일정 수준 감면혜택이 부여된다.

받을 수 있는 혜택을 버리는 것은 멍청한 일이다. 그렇기에 법률에 밝은 김승섭 변호사를 보낸 것이다.

부지가 확정되는 동안 생산품목이 정해질 것이다.

이때가 되면 비로소 공장 설계가 실시된다. 아마도 가장 경제적이고, 효율적인 설계가 될 것이다.

필요한 시간은 3초쯤 걸린다.

이것은 한창호 건축사사무소를 통해 건축허가를 신청하게 될 것이고, 나머지는 천지건설에서 진행할 것이다.

Y—메디슨은 세금을 내지 않는다.

국내에서 발생될 소득이 없으니 법인세 대상이 아니고, 전량 외국으로 수출되니 부가세 또한 면세이다.

다만 상당한 인원을 고용하는 효과와 외채를 벌어들이는 기지 역할은 하게 된다.

한편, 콩고민주공화국의 1인당 GDP는 겨우 400달러에 불과하다. 따라서 아무리 좋은 약이라도 비싸면 부담된다.

외부에서 납품을 받게 되면 그 업체의 이익을 고려해줘야 한다. 그래서 가능한 많은 품목을 직접 제조하라는 것이다.

원가절감 효과뿐만 아니라 직접 품질을 확인할 수 있다는 이점이 있다.

어쨌거나 뚝딱 하고 Y—메디슨 단지가 추진되고 있다.

민 부사장은 김지우 연구실장을 불러 생산할 수 있는 품목을 작성하기 시작했다.

항생제, 지혈제, 소염제, 진통제, 구충제, 해열제, 거담제, 영양제, 지사제 등 종류도 많다.

항생제 한 품목에도 여러 가지가 있고, 진통제나 해열제 등도 마찬가지이다.

곧이어 연구실 소속 직원들까지 모두 동원되어 온갖 품목을 나열하기 시작했다. 특허에 걸려 있어 직접 생산할 수 없는 약품 중 꼭 필요한 것들은 별도로 작성되었다.

사흘에 걸친 토론 끝에 연구진들이 꼽은 의약품 가지 수는 약 3,800종이다. 성분, 제형, 제제까지 고려한 것이다.

이중 Y—메디슨에서 직접 생산하려는 품목은 3,600여 종이다. 마스크와 생리대 등은 별도이다.

*　　　*　　　*

"김승섭 변호사에게 토지 매입을 지시했어요."

"잘했네. 제프는 어때?"

"신사호가 지키고 있어요."

아무 이상 없다는 뜻이다.

"사무엘의 의무기록을 다시 한번 볼까?"

"볼 필요 없어요. 말씀드린 대로 두개골을 열어 피떡만 제거하면 괜찮을 거예요."

CT나 MRI 자료가 없으니 확정적으로 말할 수 없는 것이 조금 아쉽다. 자료가 있으면 꺼내놓고 설명하면 되는데 아무것도 없이 뇌에 출혈이 있었으며, 그것 때문에 의식 회복이 되지 못하는 상황이라고 하면 누가 믿겠는가!

후진국이라고는 하지만 무툼보 병원의 의사들은 무식한 주술사가 아니다.

"그래도 한 번 더 확인하고 싶어."

"알았어요. 폐하! 메일 확인해 보세요."

"그래."

메일을 열어본 현수는 고개를 끄덕였다.

"그럼 사무엘의 병실에 가볼게."

"네!"

현수는 사무엘의 병실을 찾았다.

"어……!"

주치의가 들어오는 줄 알고 있던 미나쿠 오벤이 멍한 표정을 짓는다.

"의장님! 조금 아까 사모님을 뵈었습니다."

수술해 달라는 소리를 들었다는 뜻이다.

"다시 한번 아드님을 살펴보고 싶은데 괜찮을까요?"

"그, 그러시죠."

미나쿠 오벤은 고개를 끄덕이곤 물러섰다.

하원의장은 조금 전까지 담당 주치의로부터 여러 이야기를 들었다.

첫째는 현 상태가 지속되면 사무엘에게 결코 좋지 않다고 하였다.

둘째는 외국의 병원으로 이송하는 것도 난망하다는 것이다. 환자의 상태가 좋지 않아서 이송 중 사망할 확률이 높기 때문이라 하였다.

설사 이송이 가능하더라도 미나쿠 오벤은 외국의 비싼 병원비를 감당할 경제적 여건을 갖추지 못했다.

20년 넘게 지속된 야당 생활이 그렇게 만든 것이다.

제프의 경우는 필라델피아 어린이병원에서 손을 놓은 상태였다. 하여 오다가 사망하는 한이 있더라도 마지막 기회를 놓치지 않겠다는 생각에 무리한 이송을 결정한 것이다.

아내의 원망에 찬 음성을 들었을 때 이미 마음을 굳혔지만 담당 주치의의 의견은 그것을 더욱 굳게 하였다.

어쩌면 썩은 동아줄일지도 모를 하인스 킴이라는 의사에게 아들의 목숨을 걸어보기로 한 것이다.

그렇기에 아들을 살피는 현수의 뒷모습만 멍한 표정으로 바라보고 있다.

잠시 후, 사무엘의 상태를 꼼꼼하게 확인한 현수는 미나쿠 오벤 하원의장을 마주하고 섰다.

"조금 전에 사모님의 혈액검사 결과를 받아보았습니다."

"네……? 제 아내요? 무슨 혈액검사를 한 거죠?"

아들 이야길 할 줄 알았는데 전혀 예상치 못했던 아내를 언급하니 의아하다는 표정이다.

Chapter 03
—
확률은 얼마나 됩니까?

"사모님께 당뇨가 있다는 건 알고 계셨죠?"

"네? 아! 그건⋯⋯."

미나쿠 오벤은 힘없이 고개를 끄덕였다.

조선시대엔 부자들만 걸리는 병이 소갈증(消渴症)이라 하던 당뇨병이다.

요즘은 늘 건강관리에 유의하는 부자들보다는 먹고살기 바쁜 서민들이 더 많이 걸리는 병이 되었다.

하원의장의 아내 또한 건강을 돌볼 여유 없는 식생활을 하다가 당뇨병에 걸린 것이다. 아내의 병이 본인 책임이라 생각하였기에 힘없이 고개를 끄덕인 것이다.

"혈액검사 결과지를 보니까 사모님의 좌우 신장에서 암세포가 증식하고 있는 것으로 의심됩니다."

현수는 아무렇지도 않은 표정이지만 미나쿠 오벤은 불시에 한 대 맞은 것 같은 표정을 짓는다.

"네에…? 뭐, 뭐라고요?"

아내가 암에 걸릴 것이라곤 상상도 못했나 보다. 그러거나 말거나 현수의 말이 이어진다.

"아내 되시는 분의 좌우 신장에서 암세포가 번식하고 있다고 말씀드린 겁니다."

"……!"

하원의장은 잠시 멍한 표정이다.

온갖 상념이 뒤섞이다 보니 오히려 아무 생각도 없는 듯한 기분일 것이다. 그러거나 말거나 현수의 말은 이어진다.

"신장이 망가지면 이식 이외엔 방법이 없습니다. 아시죠?"

"네."

또 힘없이 고개만 끄덕인다.

"다행한 것은 아직 초기라는 겁니다. 그리고 제가 만든 암 치료기 하나가 놀고 있다는 거죠."

"……?"

하원의장은 아무런 대꾸도 하지 않는다. 뭔가 듣기는 들은 것 같은데 전혀 실감 나지 않아서 이러하다.

"안 믿어지나 보네요. 그렇다면 영국이나 미국으로 가서서 정밀검사를 받아보시길 강력히 권고합니다."

콩고민주공화국의 의료 수준으로는 초기 신장암을 진단할 수 없기에 하는 말이다.

사실 미국이나 영국의 병원으로 가도 신장암을 진단받진 못할 것이다. 아무런 증상도 없으며, 초음파 검사로도 잡아낼 수 없을 정도로 초기인 때문이다.

"지, 진짜로 제 아내에게 암이 생겼다고요?"

말은 이렇게 했지만 여전히 믿어지지 않는다는 표정이다.

"네! 안타깝지만 그렇습니다. 좌측은 요로상피암이고요, 우측은 신실질암인 것으로 추정됩니다."

"…추, 추정이라 하셨는데 그렇다면 그 확률은 얼마나…?"

하원의장의 말은 약간 떨리고 있었다. 현수의 표정을 보고 이제야 제대로 실감난 모양이다.

"제 소견은 100% 그럴 거라는 겁니다."

미나쿠 오벤은 야구방망이로 뒤통수를 얻어맞은 듯 멍한 표정이다. 귀한 아들은 위독하고, 사랑하는 아내는 암에 걸렸으니 어찌 안 그렇겠는가!

그러다 문득 생각난 것이 있다.

풀을 깨어나게 했던 현수가 만든 엉성한 파동치료기이다.

이곳 무톰보 병원에선 만병치료기로 소문나 있다. 하도 떠들썩하여 먼발치에 한번 보았기에 떠오른 것이다.

"저어… 진짜 그걸로 암을 치료할 수 있는 건가요?"

제발 그렇다는 대답을 해달라는 표정이다.

"저는 안 되는 걸 된다고 하지 않습니다."

확실하게 고칠 수 있다는 뜻의 대답이다. 그제야 마음이 놓이는지 살짝 한숨을 몰아쉰다.

"휴우~!"

"참! 아까 사모님께서 아드님 수술을 해달라고 하셨는데 의장님도 동의하시는 거죠?"

그냥 묻는 것과 동의를 구하는 것엔 차이가 있다.

호불호를 구분해 달라는 것과 은근한 권고가 곁들여진 차이 정도가 될 것이다.

"네? 아! 네에. 수술 잘 부탁드립니다."

그냥 놔뒀다가 잘못되기라도 하면 평생 아내의 원망을 들어야 한다. 게다가 그 아내가 암 환자라고 한다.

정치인이기에 앞서 아들의 아버지이고, 아내의 남편이다. 어찌 가만 놔둘 수 있겠는가!

"그럼, 사모님의 암 치료는 어떻게 할까요? 아드님 수술을 마치고 곧바로 시술했으면 합니다."

"네! 그럴 수 있다면 그게 좋겠죠."

미나쿠 오벤은 갑자기 늙은 듯한 표정이다.

조제프 카빌라를 독재자라 규정짓고, 그를 권좌에서 끌어내리려 치열한 정치 투쟁을 했다.

야당 내에서도 주도권을 쥐기 위한 쟁탈전이 제법 긴 세월

동안 이어졌다.

권모와 술수, 음모와 배반 등의 연속인 세월 속에서 살아남고자 발버둥 쳤고, 어떻게든 이겨내려 애를 쓰며 살았다.

그게 인생의 전부라 여기고 있었던 것이다. 그런데 그 모든 것들이 갑자기 부질없다 느껴졌다.

다시 말해 갑작스레 인생무상(人生無常)을 깨우치면서 평생 추구하던 인생의 목표를 잃어 허탈해진 것이다.

"잘 부탁드립니다. 선생님!"

고집 센 사내가 고개를 숙인다. 진심이 엿보였다.

"네! 최선을 다하겠습니다. 너무 심려치 마십시오. 제가 보기에 의장님 건강상태도 썩 좋은 편은 아니니까요."

도로시가 보여주는 미나쿠 오벤의 신체 상태를 보고 하는 말이다.

― 신장 177.7cm   ― 체중 64.3kg
― 좌우시력 1.2, 1.0   ― 면역지수 51

면역지수 51은 미나쿠 오벤의 현 상태가 정상인과 환자의 경계선 위에 있는 것이나 다름없음을 나타내고 있다.

사내이기에, 그리고 아버지이고, 남편이기에 짐짓 강한 척을 하고 있을 뿐 실제론 노심초사 중이라 이러하다.

조금 전까지 아들이 잘못되면 어쩌나 하는 생각만으로도

몹시 불안했다. 그런데 지금은 그것뿐만 아니라 아내에 대한 걱정까지 얹어졌다.

어쩌면 둘 다 잃을 수도 있다는 생각에 마음이 무거웠다.

아들이 부상당했다는 소식을 들었을 때 하원의장의 면역지수는 55였다. 살얼음을 걷는 듯한 정치 투쟁 때문이다.

사실 면역지수 55도 좋은 수치는 아니다. 그런데 거기서 4나 더 줄어든 것이다.

이 상태로 놔두면 50 미만으로 떨어지는 건 시간문제이다.

조금 더 진행되면 아내처럼 암에 걸릴 수도 있고, 또 다른 질병으로 신음할 수도 있다.

자칫 일가족 모두가 병원 신세를 져야 한다. 따라서 안심할 만한 말 한마디가 필요한 시점이다.

"아드님 수술은 크게 어려운 게 아닙니다. 두개골을 열고 뇌압을 높이고 있는 피떡만 제거하면 괜찮아질 겁니다."

뇌수술을 너무 쉽게 이야기하니 현실감이 느껴지지 않는 모양이다.

"그, 그런가요?"

"네! 사모님도 아직은 초기라 그리 오랜 시간이 걸리지도 않을 거고요."

이번엔 암을 무릎에 난 자그마한 상처같이 이야기한다.

"저, 정말이십니까?"

"그럼요! 제가 무엇 하러 이런 말씀을 드리겠습니까? 의장님이 보실 땐 엄청 심각해도 제게는 가벼운 질환이나 다름없는 겁니다. 그러니 마음 놓으시고 푹 쉬고 계십시오."

"저, 정말 믿어도 되는 거죠?"

여전히 불안해하는 표정이다.

"그럼요! 믿으세요. 저, 하인스 킴입니다."

"아……!"

아제르바이잔에서의 행적을 떠올린 미나쿠 오벤은 가볍게 고개를 끄덕인다.

"잘 부탁드립니다. 아들 녀석과 제 아내를!"

"네! 그럼 수술 일정부터 잡아보겠습니다."

뇌수술을 하려면 여러 의료기구가 필요하다.

무툼보 병원에 필요로 하는 것들이 모두 있는지 확인해야 하고, 수술을 보조할 어시스트 등도 점검해야 한다.

이밖에 수술방 무균 상태와 기구를 담당하는 스크럽 널스 (Scrub nurse) 등도 필요하여 면담까지 마쳤다.

혼자서 모든 것을 다할 수는 없는 때문이다.

수술방 체크를 끝낸 현수는 병원장실을 찾았다. 그러는 동안 도로시는 사무엘의 뇌를 다시 한번 스캔했다.

지금까지 신경외과 의사는 환자의 뇌를 관찰하기 위해 평면 MRI와 CT에 의존해야 했다. 따라서 100% 관찰이 이루어졌다고 장담할 수 없었다.

도로시가 가진 의료기술 가운데 하나는 가상현실 기술을

기반으로 한 '수술항법 플랫폼' 이라는 것이다.

환자의 신체를 3D 영상으로 구현하는 것이다. 덕분에 뇌종양, 동맥류, 기형 및 혈관 등을 보다 쉽게 관찰할 수 있다.

이것은 확대와 축소가 가능하며 360° 회전까지 가능하기에 아주 세밀하고, 명확하게 환부를 살필 수 있다.

뇌뿐만 아니라 모든 장기도 3D화가 가능하다.

어쨌거나 수술항법 플랫폼을 이용하여 환부를 확인하는 동안 최적의 수술방법과 경로를 제시받는다.

그대로 실수 없이 수술하면 뇌 손상을 최소화하거나, 아무런 손상 없이 두개골을 덮을 수 있게 된다.

환부 확인 및 상태를 실시간으로 확인하고 방법까지 제시하므로 갓 의대를 졸업한 초보 의사라도 집도할 수 있다는 장점이 있다. 다만 수술에 필요한 술기가 능숙해야 한다.

그리 까다롭지 않은 수술이라면 의대를 갓 졸업한 초보의사도 가능하다.

도로시는 현수로 하여금 두개골을 열 때 필요한 드릴과 톱 등 필요한 의료기구들을 모두 확인하도록 했다.

제대로 작동하는지, 필요한 부품은 모두 갖추고 있는지를 일일이 살피도록 한 것이고, 없다고 하면 대체할 것을 알려주었다. 덕분에 제법 긴 시간이 걸렸다.

부족한 것들이 너무 많았던 덕분이다.

이틀 후, 사무엘은 수술대 위에 올랐다.

집도의는 당연히 현수이고, 어시스트는 무톰보 병원 외과 과장이 맡았다.

경험 많은 수술방 간호사들도 들어와 있다.

천장 등에는 이 수술을 영상으로 기록하기 위한 촬영장비가 갖춰져 있다.

수술방 밖에는 미나쿠 오벤과 그의 부인 등이 불안한 표정으로 서성이고 있다. 콩고민주공화국 최초의 뇌수술이니 어찌 안 그렇겠는가!

수술방에 들어선 의료진들은 물론이고 참관실의 의사들 모두 긴장된 표정으로 현수만 바라보고 있다.

"그럼 개두술을 시작하겠습니다. 메스!"

말 떨어지기 무섭게 현수의 손에 메스가 쥐어진다. 현수는 조금도 머뭇거리지 않고 사무엘 오벤의 두피를 절개했다.

수술항법 플랫폼은 오직 현수의 눈에만 보이는 절개선을 제시했고, 그대로 갈라냈다.

그러자 여러 의사들이 술렁였다. 칼로 베어낸 것치고는 출혈량이 현저히 적었던 때문이다.

잠시 후 두개골이 열렸고, 회백질의 뇌가 보였다.

현수는 거침없는 손길로 뇌의 주름사이에 끼어 있는 피떡을 제거했다. 그러자 안쪽으로부터 선혈이 배어 나온다.

눈에 보이지 않는 뇌의 안쪽 뇌혈관에 손상이 있는데 지금껏 피떡이 막고 있었음을 의미한다.

배어나온 선혈을 거즈로 빨아들일 때 도로시의 음성이 있었다.

'폐하! 직접 문합은 되도록 자제하세요.'

'왜? 내 솜씨를 못 믿어서?'

'잘못된 확률이 아예 없는 건 아니잖아요.'

아제르바이잔에서 여러 차례 두개골을 열어본 바 있지만 그건 비교적 쉬운 수술이었다.

사무엘의 뇌손상은 보다 안쪽이다. 이전보다 난이도가 훨씬 높아졌음을 의미한다.

'그럼 미라힐을 써?'

미라힐은 액체이니 정확한 위치에 떨어뜨리기만 하면 제가 알아서 스며들게 된다.

그러다 상처를 만나면 스르르 아물게 할 것이다.

만일 필요 이상을 떨어뜨린다면 뇌의 안쪽에 머물다가 또 다른 상처가 생겼을 때 즉각 대응하게 될 것이다.

'그게 낫지 않겠어요? 굳이 고난을 경험하실 필요는 없으니까요. 그리고 폐하에겐 너무 예민한 부분이잖아요.'

실전 경험이 부족함을 에둘러 말한 것이다.

'알았어! 일호, 미라힐X 10ml 준비해.'

이 수술방엔 신일호와 신이호가 광학스텔스 상태로 대기하고 있다. 일호는 수술할 때의 실수를 대비하여 바로 뒤에 있고, 신이호는 경호를 위해 수술방 문 앞에 서 있다.

현수의 명이 떨어지자 신일호의 손가락 끝에서 주사바늘이
튀어나온다.

'일호는 잠깐 정지!

일호가 멈칫하는 사이에 도로시의 말이 이어진다.

∗   ∗   ∗

'폐하, 10㎖는 너무 과해요! 0.85㎖면 충분합니다.'

'0.85㎖……? 그건 적지 않아?'

'아뇨! 충분해요. 그리고 10㎖를 투여하면 오히려 그게 뇌
압을 높일 수도 있어요. 혈관의 상처만 아물면 되잖아요.'

사무엘은 군인이다. 하여 또다시 머리를 다칠 경우를 감안
하여 넉넉히 주입하려던 것이다.

그런데 그게 뇌압을 높이는 요인이 될 수 있다고 한다.

'…알았어! 딱 0.85㎖만 투입해.'

신일호의 주사바늘이 살짝 벌려진 뇌로 다가갈 때 도로시
의 음성이 다시 뒤를 잇는다.

'신일호! 내가 지시하는 주입 압력을 유지해.'

손상되어 선혈을 뿜고 있는 혈관의 위치까지 도달에 필요한
압력을 계산한 모양이다.

'넵!'

즉시 주사바늘 끝에서 투명한 액체가 뿜어져 나와 나와 뇌 사이로 스며들었지만 이를 본 사람은 없다. 아주 소량이고, 현수의 손이 교묘히 가리고 있었던 결과이다.

뇌의 주름 사이로 파고든 미라힐X가 손상된 혈관과 접촉하자 거품 두어 방울이 발생하곤 잦아든다. 그와 동시에 배어나오던 선혈도 멈췄다. 상처가 아문 것이다.

"석션(Suction)!"

조심스레 추가로 배어나온 혈액을 제거하고 상태를 살폈다. 이때 도로시의 음성이 귓전을 울린다.

'다 되었어요. 이제 덮으시면 됩니다.'

현수는 자연스레 고개를 끄덕였다.

"이제 두개골 덮습니다."

나머지 수술은 금방이었다.

"컷!"

어시스트가 봉합사를 잘라내자 한 발짝 물러섰다.

"이것으로 혈전제거 수술을 마칩니다. 수고들 하셨어요."

"수고하셨습니다."

"수고하셨네요."

외과과장과 스크럽 널스 등이 고개를 숙인다.

"환자는 집중치료실(ICU)로 옮기세요."

"네!"

의료진들이 부산하게 움직이는 가운데 수술방은 금방 비워졌다.

수술방 밖으로 나와 보니 10년은 늙어 보이는 미나쿠 오벤과 그의 부인이 서성이고 있었다.

마스크를 벗는 현수와 시선이 마주치자 얼른 다가선다.

"아! 선생님······."

"선선님!"

후다닥 달려온 둘을 보며 부러 웃어주었다. 얼마나 노심초사했는지가 표정으로 드러나 있었던 때문이다.

"아드님 수술은 성공적으로 마쳤습니다. 마취 풀릴 때쯤이면 의식이 돌아올 겁니다."

"아! 고맙습니다. 고맙습니다. 정말 고맙습니다."

"흐흑! 고마워요. 고마워요."

"네, 그나저나 두 분 모두 식사도 못 하신 모양입니다."

불안과 초조 때문에 입술이 바싹 말라 있었다.

"저는 배가 고파서 밥 먹으러 갈 건데 같이 가시죠."

"네? 그럼 사무엘은요?"

"지금 가봤자 아직은 의식 없어요. 몇 시간 더 있어야 의식이 올 테니 일단 밥이나 먹죠."

미나쿠 오벤과 그의 부인은 현수의 강권을 이기지 못했다. 잠시 후 일행은 풀먼 호텔 레스토랑에 당도했다.

스테이크를 주문했는데 둘은 음식에 관심이 없는지 먹는 둥 마는 둥 하였다. 하여 할 수 없이 어떤 수술이었는지를 자세히 설명해 주었다.

물론 엄청 쉬운 수술인 것처럼 묘사했다.

그제야 마음이 놓이는지 깨작거리기 시작했다. 식사를 마칠 때쯤 미나쿠 오벤의 아내에게 시선을 주었다.

"사모님은 여기서 샤워를 하시고 가시죠."

"네?"

"하루라도 빨리 해야 조금이라도 시간이 단축되니까요."

"……!"

병원에 입원하려니 겁이 나는 모양이다.

"장담하건대 하나도 아프지 않습니다. 가만히 누워만 있어야 하는 게 조금 불편할 뿐일 거예요."

"정말 아프지 않나요?"

"네! 제가 개발한 방법은……."

파동치료에 대한 설명을 해주었다.

"그럼 병실을 따로 써야 하겠군요."

진동이나 음파에 민감할 수 있다는 말에 대한 반응이다.

"아들 녀석 친구가 제법 많아서 의식이 돌아왔다고 하면 많이 찾아올 것 같아 그럽니다."

"아! 그렇겠군요. 그럼 그렇게 하시죠."

식사 후 곧장 무툼보 병원으로 향했다.

미나쿠 오벤의 부인은 사무엘이 깨어난 것을 확인하고 난 후에 파동치료를 받기로 했다.

현재 제프 카구지가 쓰는 병실 바로 옆이다. 그렇게 되면 신사호 혼자서 두 병실을 지키게 되므로 일석이조이다.

"닥터 킴! 사무엘의 의식이 돌아왔습니다."

제프의 병실에 들러 파동치료기의 상태를 점검하고 나왔을 때 황급히 달려온 간호사가 한 말이다.

"아, 그래요? 가봅시다."

집중치료실 앞엔 많은 의료진들이 서성이고 있었다. 사무엘의 의식이 돌아왔다는 소문이 빠르게 돈 결과이다.

"아! 닥터 킴! 어서 와요."

병원장이 반색하며 맞이한다.

"일단 환자부터 확인할게요."

병원장의 말을 끊고는 ICU로 들어가 사무엘 오벤의 병상으로 다가갔다. 등받이에 기댄 채 눈만 멀뚱거리고 있었다.

"미스터 오벤?"

"네! 사무엘 오벤입니다."

"여기가 어딘지 아시겠습니까?"

"그럼요! 무툼보 병원이라 들었습니다. 그쪽은 제 뇌수술을 집도해 주신 닥터인가요?"

"그래요! 하인스 킴이라 합니다."

현수가 고개를 끄덕이자 살짝 고개 숙인다.

"감사합니다. 여기 간호사님으로부터 말씀 들었습니다. 저를 구해주신 분이라고요.”

더 확인할 필요가 없을 정도로 의식이 명료하다.

“제가 한 건 뇌에 고여 있던 피떡을 제거한 것뿐입니다. 그나저나 어디 불편하신 데는 없습니까?”

“오른쪽 허벅지만 조금 뻐근할 뿐 다 괜찮습니다.”

총상을 입었던 부분이다.

“다행이네요.”

“어머니와 아버지를 뵐 수 있을까요?”

“그럼요! 제가 차트 좀 확인해 보고요. 간호사!”

“네, 여기요. 닥터!”

집중치료실 간호사로부터 차트를 건네받은 현수는 사무엘의 상태 몇 가지를 살폈다. 모두 정상 범위 안에 있다.

“조금만 기다리시면 부모님을 뵐 수 있을 겁니다.”

긴장된 표정으로 현수를 바라보던 사무엘이 고개를 숙여 감사의 뜻을 표한다.

“네! 기다리죠.”

잠시 후 미나쿠 오벤의 가족이 한자리에 모였다. 부부는 멀쩡해진 아들을 보며 눈물을 흘렸다.

그냥 놔뒀으면 틀림없이 잃을 뻔했던 아들이다. 그런데 너무도 멀쩡한 모습을 대하니 어찌 안 그렇겠는가!

그렇게 잠시 단란한 시간이 흘렀다.

“네……? 어머니가 암이라고요?”

사무엘은 모친의 좌우 신장 모두에서 암세포가 자라고 있다는 말에 심히 놀란 표정이다.

콩고민주공화국에서는 암에 걸렸다고 하면 시간 차이만 있을 뿐 반드시 사망하는 것으로 인식하고 있는 때문이다.

"걱정 말아! 너를 수술해 준 닥터 킴이 네 어머니도 치료해 주기로 했단다."

"네……?"

사무엘 오벤의 눈이 대번이 커졌다.

사무엘은 사관학교에서 군사훈련을 받는 동안 시간 날 때마다 도서관을 드나들었다.

그 결과, 얕기는 하지만 다방면의 지식을 쌓을 수 있었다.

임관 후엔 BOQ에서 외국 드라마들을 즐겨보았다.

그 중엔 Grey's Anatomy와 Private Practice, 그리고 House와 Nurse Jackie 및 Body of Proof 등이 있다.

이것들 모두는 미국 의학드라마이다.

사무엘은 이걸 보면서 군인이 아니라 의사가 되었으면 어땠을까를 상상하곤 했다. 조국의 낙후된 의료 수준을 높이는데 이바지하고 싶다는 생각을 한 것이다.

어쨌거나 사무엘은 신경외과와 비교기과가 확실하게 다르다는 걸 알고 있다.

예를 들어, 신경외과 전문의가 흉부외과 전문의 자격까지 취득했다. 이를 '더블 보드(Double Board)' 라고 한다.

이렇게 하려면 먼저 신경외과 전문의 자격을 취득한 후 흉부외과 레지던트 과정을 모두 이수한 후 전문의 시험에 합격해야 한다. 이럴 경우 아무리 빨라도 의대 졸업 후 9년 정도의 시간이 필요할 것이다.

인턴 1년 후 신경외과 레지던트 4년을 하여 단번에 전문의 자격을 취득한 후, 다시 흉부외과 레지던트 4년을 시작한 후 전문의 자격증을 취득해야 하기 때문이다.

어쨌거나 더블 보드가 아예 없는 건 아니다. 예전엔 트리플 보드도 있었다.

'신경외과 + 흉부외과 + 혈관외과' 같은 경우이다.

모두 외과라는 연관 관계가 있다.

하지만 신경외과와 비뇨기과는 연관관계가 적다.

따라서 '신경외과 + 비교기과'인 더블 보드는 결코 쉽지 않다. 완전히 다른 공부를 해야 하는 때문이다.

따라서 자신의 뇌수술을 해준 닥터 킴이 어머니의 신장암을 핸들링한다는 말이 지극히 이상했던 것이다.

"어머니! 신경외과랑 비뇨기과는 완전히 달라요. 그런데 어떻게 그 의사가……?"

"얘야! 이 병원에 킨샤사 경찰청장의 아들이 식물인간인 상태로 입원해 있었다. 그런데 닥터 킴 덕분에 사흘 만에 의식을 되찾았다고 하는구나."

"네……? 식물인간이 깨어났다고요?"

의학드라마에 종종 등장하는 에피소드 중 하나이기에 놀란 표정을 지었다.

"그래! 파동치료기라는 걸 설치해놓으니까 딱 사흘 만에 깨어났어. 지금은 일반 병실로 옮겼다는구나. 그 아이는……"

폴 쿠아레가 어떻게 해서 식물인간이 되었으며, 영국 병원에서 수술을 받고도 얼마나 오래 입원해 있었는지를 들은 사무엘은 입을 딱 벌렸다.

"헐……!"

기가 차서 말이 안 나온 것이다.

식물인간은 두부외상, 척추손상, 뇌혈관손상, 뇌척수 종양 및 중독 등 여러 원인이 있다.

이중 가장 많은 것은 교통사고 등에 의한 두부외상이다.

아마도 폴이라는 아이도 교통사고를 겪었으니 두부외상 또는 척추손상 때문에 식물인간인 상태였을 것이다.

그런데 수술 없이 깨어났다니 믿어지지 않은 것이다.

하여 어떤 방법을 썼는지를 물었다.

이에 미나쿠 오벤 부부는 병원을 오가며 들었던 폴에 관한 이야기를 해주었다.

엉성하기 이를 데 없는 기기 하나를 뚝딱 만들어서 뇌에 접촉시켜 놓았더니 사흘도 안 되어 깨어났다는 말이다.

이는 분명 신경외과의 범주에 들지 않는 치료 행위이다.

하여 놀란 표정을 짓고 있는데 현재는 내무장관의 아들인 제프 카구지의 혈액암을 치료하는 중이라 하였다.

어린이의 백혈병의 진료는 소아청소년과와 혈액종양내과, 그리고 방사선종양과가 협진한다.

신경외과 의사는 손을 쓸 수 없는 질병이다.

그런데 아까 보았던 동양인 청년이 그것까지 관여되어 있다니 어안이 벙벙할 지경이다.

"그 아이를 치료하는 기구로 나도 치료해준대."

"제프라는 아이는 얼마 만에 고쳐준다고 했대요?"

아무런 기대 없이 무심코 물은 말이다.

"4주 걸린다더라."

"네에? 겨우 한 달이요?"

사무엘은 몹시 놀란 표정이다.

"그래! 딱 한 달만 기다려 보자고 했대."

"그래요? 근데 효과가 있대요?"

"그거야 모르지 그 아이 병실에 기계를 설치한 지 이제 겨우 사흘 지났으니까. 나는 얼마나 걸릴까?"

사무엘은 모르지만 미나쿠 오벤의 부인은 제프 카구지가 몹시 위중한 상태로 이송되었다는 걸 알고 있다.

무톰보 병원의 입소문이 콩코드[3] 나 KTX를 후려갈길 정도

---

3) 콩코드(Concorde): 영국과 프랑스 양국이 협력해서 개발, 제작한 초음속 여객기(SST). 주로 알루미늄 합금으로 제작되었으며, 가늘고 긴 삼각 날개와 4개의 엔진을 지녔고 고도 20,000m 부근을 마하 2의 속도로 비행했다.

로 빠르기 때문이다.

미국에서 따라왔던 의료진의 말을 빌면 제프의 남은 생명은 길어야 한 달이었다.

의료 선진국인 미국에서도 가장 뛰어나다는 필라델피아 어린이병원에서 완전히 포기해서 귀국한 것이다.

달랑 30일 정도 남은 생명이었으니 말기라는 뜻이다. 그런데 하인스 킴은 28일쯤 지나면 완치된다고 하였다.

본인은 제프와 달리 초기라 하였다.

그래도 3주일 이상은 걸릴 것이나 생각하였다. 암이란 게 그리 쉽게 고쳐지는 병이 아니라는 걸 알기 때문이다.

Chapter 04

—

아스클레피오스

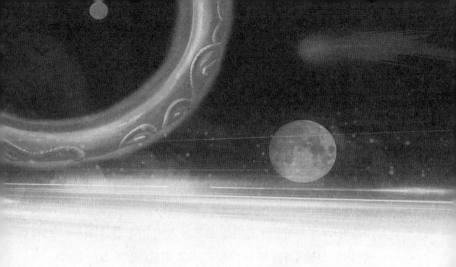

"어머니는 얼마나 걸린대요?"

"글쎄? 그건 아직 말을 안 해줘서 몰라."

어머니는 닥터 킴은 완전히 신뢰하는 표정이다.

"잘되었으면 좋겠어요."

"그래, 그래야지. 너도 이렇게 멀쩡해졌으니 이번엔 내가 멀쩡해질 차롄가? 호호호!"

미나쿠 오벤의 부인은 짐짓 소리 내어 웃었다. 아들의 멀쩡한 모습을 보니 마음이 놓여서 그렇다.

"이제 조금 쉬거라."

"네! 아버지. 그간 심려 끼쳐 드려서 죄송했어요."

여러 가지 뜻이 담긴 말이었다.

유학 가라는 말을 안 듣고 사관학교로 간 것과 전투 중에 절대 무리하지 말하는 말을 어겼던 것에 대한 사과였다.

"아니다, 너만 멀쩡하면 된다. 이제 쉬어라!"

하원의장 부부가 집중치료실을 벗어나자 사무엘은 잠시 뭔가를 생각하였다.

'아직 어려 보이던데 트리플 보드란 것이 가능한 건가?'

현수가 신경외과와 비뇨기과, 그리고 혈액종양과 모두를 전공한 듯싶어서 한 생각이다.

사무엘의 생각은 어림없는 것이다.

현수는 내과, 외과, 산부인과, 비뇨기과, 안과, 이비인후과, 피부과, 신경과, 병리과 등 모든 의과를 꿰고 있다.

외과의 경우는 일반외과 뿐만 아니라 성형외과, 정형외과, 간담췌외과, 위장관외과, 유방외과, 이식외과, 외상외과, 대장항문외과, 갑상선내분비외과, 신경외과, 흉부외과, 혈관외과, 등을 모두 포함한다.

내과도 일반내과뿐만 아니라 감염내과, 류마티스내과, 신장내과, 알레르기내과, 내분비내과, 혈액내과, 호흡기내과, 순환기내과, 소화기내과 등을 모두 아우르는 것이다.

뿐만 아니라 치과와 한의학과, 그리고 수의학과까지 두루 섭렵한 전공이나 마찬가지이다.

더블 보드나 트리플 보드는 명함조차 내밀 수 없다. 굳이 따지자면 217보드 정도 될 것이다.

아울러 모든 분야에 최소 30년 이상 경력을 가진 거장이나 명인 수준의 술기까지 갖춘 의사이다.

흠이라면 실전경험이 약간 부족하다는 것뿐이다.

하지만 서기 4946년까지의 발달된 의료기술을 저장하고 있는 도로시가 있으며, 정밀함이 필요할 때 실시간으로 도움을 줄 수 있는 신일호 등이 있다.

따라서 살아 있는 의술의 신이나 마찬가지이다.

그리스 로마 신화에 등장하는 의술의 신 아스클레피오스(Asclepius)는 명함도 못 내민다.

침구(鍼灸)와 탕약 분야는 화타(華陀), 편작(扁鵲), 허준(許浚), 허임(許任)보다도 솜씨가 좋으며, 조선중기의 마의(馬醫) 백광현을 찜 쪄 먹을 수의사이기도 하다.

사무엘은 본인이 엄청나게 운이 좋은 사내라는 걸 아직은 인식하지 못하고 있다.

*　　　*　　　*

"어……? 이 길은 호텔로 가는 게 아닌데?"

무톰보 병원에서 풀먼 호텔로 가는 길은 아주 쉽다.

병원 정문에서 좌회전 후 첫 삼거리에서 우회전하여 쭉 직진하면 오른쪽에 있다. 차량을 이용하면 5분 거리이다.

그런데 이 차는 병원 후문으로 나간 후 곧바로 좌회전을 했고, 데스 클리니퀘스 거리를 따라 계속 직진 중이다.

처음엔 도로가 막혀서 다른 길로 가려는가 싶었다.

그런데 표지판을 보니 왼쪽엔 성당이 있고, 오른쪽엔 보보토 칼리지가 있는 도로를 지나치는 중이다.

풀먼 호텔로부터 점점 멀어지는 것이다.

'도로시! 이 운전자 경찰관 아니지?'

'그런 거 같아요. 죄송해요.'

도로시도 모르고 있었다는 뜻이다.

'어떻게 할까요? 신호등 조절하고 경찰 불러요?'

가다 서다를 반복하게 하는 한편 가까운 경찰들이 출동하게 할 것이냐는 뜻이다.

'그래서 될 거 같아?'

타고 있는 차가 경찰차이다.

다른 경찰들을 불러들여 봤자 다들 경찰차를 타고 오기에 헷갈리기만 할 것 같다. 피아가 구별되지 않는 때문이다.

경찰복을 입은 운전자는 말없이 운전만 할 뿐 아무런 위협도 가하지 않고 있다.

"근데 이 길로 가는 거 맞아요?"

기다리다 못해 한마디 했더니 잠시 머뭇거린다.

"…죄송합니다."

"보아하니 경찰은 아닌 것 같은데 어디로 가는 건지 알고

나 갑시다."

"죄송합니다. 닥터 킴의 능력이 필요해서 그랬습니다."

"나를 알아요?"

"네! 킨샤사의 성인(聖人)이시잖아요. 폴 쿠아레를 치료했고, 사무엘 오벤도 깨어나게 하셨죠?"

"…그걸 어떻게 알았죠?"

"킨샤사에 소문이 짠해요. 제프 카구지의 백혈병도 치료하시는 중이라고 들었습니다."

발 없는 말이 천 리를 간다는 속담이 있다. 소문 번지는 속도가 빠르다는 뜻이다.

가는 건 좋은데 가면서 점점 눈덩이처럼 커진다.

"아제르바이잔에서도 신화 같은 일을 하셨다고 들었습니다. 도움이 필요합니다."

아제르바이잔에서 있었던 일까지 모조리 번진 모양이다.

"좋아요! 무슨 일인지 말해줄 수 있죠?"

"잠시만 기다려 주십시오. 금방 도착합니다."

운전자는 진입할 골목을 찾는 듯 두리번거렸다. 늘 다니던 길이 아니라는 뜻이다.

이럴 때 말을 걸면 헷갈려서 엉뚱한 골목으로 들어갈 확률이 있다. 그럼 더 늦어진다. 그렇기에 잠시 기다려 주었다.

잠시 후, 차가 진입한 곳은 쓰레기가 나뒹구는 인적 끊긴 허름한 골목이다.

차는 안쪽으로 30m쯤 들어간 뒤 우회전을 했고 다시 20m쯤 더 가서야 멈췄다.

사방이 판자촌인 동네이다. 그런데 고요하다.

시동을 끈 운전자는 고개를 뒤로 돌리더니 꾸벅 숙인다.

"선생님! 바쁘시고 피곤하실 텐데 이렇듯 무례히 모시고 와서 죄송합니다."

아주 정중했다.

"…좋아요. 나의 어떤 능력이 필요한 거죠?"

"안에 부상을 입은 사람이 있습니다."

의사를 납치했고, 환자가 있다고 한다. 무슨 의미겠는가!

"좋아요! 안내하세요."

"네! 모시겠습니다."

운전자는 죄송하다는 듯 어깨를 움츠린 채 앞장섰다.

사람 둘이 지나가면 어깨가 부딪칠 정도로 좁고 지저분한 골목으로 들어가더니 안쪽의 양철문을 밀고 들어선다.

삐이꺽—!

녹슨 경첩이 비명을 질렀지만 안에선 아무런 반응도 없다.

"이쪽으로……."

말없이 사내가 손짓한 곳으로 따라 들어섰다.

어두컴컴한 안쪽에 환자가 아닌 누가 있던 현수의 상대는 되지 못할 것이다. 슈퍼마스터의 동체시력을 잃은 것도 아니고, 단련된 근육이 사라진 것도 아니기 때문이다.

게다가 몸에 익은 무술도 건재하다.

이전처럼 20m 높이를 단숨에 뛰어오르거나, 주먹 한 방으로 상대의 두개골을 으스러뜨리지 못할 뿐이다.

민첩함과 동체시력만으로도 전성기의 마크 타이슨 10명을 모조리 묵사발로 만들 능력은 있는 것이다.

딸깍—!

어두컴컴한 통로를 따라 들어가던 어느 순간 갑자기 환해진다. 전기 스위치를 올렸던 것이다.

사내가 안내한 방의 기다란 탁자 위엔 여인 하나가 누워 있다. 그런데 은근히 살 썩는 냄새가 난다.

상처 입고 상당한 시간이 흘렀다는 뜻이다.

"이쪽입니다. 제발 살려주십시오."

사내는 진심으로 구원을 청하는 표정이다. 그러거나 말거나 주변을 둘러보았다.

천장엔 형광등 3개가 밝은 빛을 뿜고 있고, 환자가 누워 있는 침상 옆 탁자 위엔 수술도구들이 가지런히 놓여 있다.

포셉, 니들 홀더, 메스, 메첸바움, 시저, 헤모스텟, 모스키토, 켈리, 리트렉터 등이 보인다.

보아하니 몰아놓은 형광등은 수술실의 무영등 역할을 기대한 모양이다.

"그쪽 이름은 뭐죠?"

"저, 저는 마림바라고 합니다. 선생님의 회사에서 근무하고 있는 마투바의 오빠지요."

"마투바의 오빠……?"

"네! 이곳까지 모시고 와서 죄송한데 정말 급해서 그랬습니다. 제발 구해주십시오."

마림바는 진심을 알아달라는 듯 털썩 무릎을 꿇었다.

"으으! 으으으으!"

침상 위의 여인이 나지막한 신음을 토한다.

"로엔디는 저 때문에 다쳤습니다. 크흐윽!"

며칠 전 있었던 정부군과의 교전 때 마림바를 졸라 구경하려다가 애먼 총탄에 맞은 것이다.

마림바는 주먹으로 굵은 눈물을 닦아낸다.

"제발! 제발 부탁드립니다. 로엔디를 꼭 살려주십시오."

"…일단 환자를 보죠."

현수는 사내의 반응을 기다리지 않고 다가섰다. 입고 있는 의복에서 역한 냄새가 풍긴다.

원피스였기에 곁에 있던 가위를 들어 조심스레 의복을 갈라냈다. 하복부에 작은 상처가 있었는데 피와 더불어 고름이 흘러나오고 있었다.

조심스레 몸을 뒤집어 보았는데 뒤쪽은 멀쩡하다.

"총상을 입은 모양입니다."

"네! 저를 따라왔다가 그만… 크으윽! 우리 로엔디를… 로엔디를 꼭 살려주십시오. 선생님!"

"흐음! 여기까지 왔으니 살펴보죠. 환자의 상태를 보니 전신마취가 필요한데 마취제는 어디에 있죠?"

"네……? 마, 마취제요?"

보아하니 수술도구를 준비하면서 빼먹은 듯하다.

하긴 의료인이 아니니 수술시 필요한 전문 의약품까지 모두 갖추는 건 난망한 일일 것이다.

"몸 안에 박힌 총알을 빼내려면 당연한 거 아닌가요?"

환자의 생살을 째게 하려느냐는 표정으로 바라보았다.

"그, 그건……! 제가 어, 얼른 나가서 구해오겠습니다."

"마취제가 없으면……."

"아뇨! 제가 얼른 나가서 구해옵니다. 여기 계세요."

사내는 현수의 말을 기다리지 않고 후다닥 튀어나간다. 잠시 후 자동차 시동 거는 소리가 들린다.

어디 가서 마취제를 강탈이라도 할 모양이다. 그런데 쉽지 않을 것이다. 마취제를 취급하는 약국이 없는 때문이다.

그렇다면 병원을 털어야 하는데 어찌 그게 쉽겠는가!

"끄응! 이것 가지고 어떻게 수술을 하라고……."

복강경 기구가 보이지 않으니 복부를 절개해야 한다.

그러고 나면 환부를 살필 수 있도록 벌려줄 어시스트가 필요한데 아무도 없다.

마취제가 없는 건 침술로 대체 가능하니 벌리고나 있으라는 말을 하려는데 가버린 것이다.

"일호! 이호!"

"네! 폐하."

"너희가 보조해야겠다."

"넵!"

말 떨어지기 무섭게 환자를 사이에 두고 신일호와 신이호가 나타난다. 광학스텔스 기능을 off한 것이다.

납치되었다는 것을 알고도 나서지 않은 건 현수가 제지했던 때문이다.

현수는 침통에서 꺼낸 침을 알코올로 소독했다. 그리곤 조심스레 마취혈에 자침했다.

이제 침을 뽑기 전까지 아무런 통증도 느끼지 못할 것이다. 나지막한 신음을 토하던 여인의 몸이 이내 축 늘어진다. 죽은 게 아니라 고통이 덜어지자 근육 긴장이 풀려서이다.

"도로시! 상태 확인했어?"

"네! 마취 잘되었네요. 그리고 자궁외벽에 총알이 박혀 있으며, 염증이 심해요."

"빨리 절개하라는 말이지? 이호! 메스."

기다렸다는 듯 메스를 건넨다.

"응? 소독도 안 한 걸로 째라고?"

슬쩍 째려보니 신이호가 움찔한다. 그리곤 얼른 소독을 한 뒤 다시 건넸다.

"수혈 장비 없으니까 어디가 가장 좋은지 표시해 봐."

수혈은커녕 이물을 빨아들이는 석션 장비도 없다. 따라서 가급적 출혈이 적게 해야 한다.

말 떨어지기 무섭게 로엔디의 하복부에 가는 선이 그어진다. 혈관과 근육을 가장 적게 절개하는 위치일 것이다.

신일호의 눈에서 뿜어진 광선으로 그어진 선이다.

지체 없이 메스로 살을 갈랐다. 과연 사무엘 오벤의 두피를 갈랐을 때처럼 출혈량이 적었다.

*　　　*　　　*

절개부를 벌리자 고름과 비릿한 피가 섞인 냄새가 훅 끼쳐 온다. 게다가 씻지 않아서 생긴 역한 냄새까지 뒤따른다.

현수는 살짝 이맛살을 찌푸렸다. 결코 향긋한 냄새는 아닌 때문이다.

"잘 안 보이네. 더 벌리고 빛 좀 세게 해봐."

"넵!"

어시스트를 맡은 신일호의 눈에서 환한 광선이 뿜어진다. 수술실 무영등을 씹 쪄 먹을 듯 강한 빛이다.

"흐음! 저기 있군. 근데 주변 조직 염증이 너무 심하네. 싹 다 떼어내는 게 낫겠지?"

혼자서 중얼거린 말이다. 그런데 도로시가 반응한다.

"아뇨! 그러시면 안 돼요."

"으응? 왜?"

"이 아가씨 지금 임신 중이에요. 착상된 지 얼마 안 되었어요. 거기 절개하면 아이 없어져요."

말 떨어지기 무섭게 자궁과 착상 위치를 보여준다.

총알이 조금만 더 뚫고 들어갔으면 직접적인 충격을 받았을 위치이다.

"끄응……! 어렵네, 어려워."

현수는 나직한 침음을 냈다. 그러고는 안력을 높여 환부를 살펴보았다.

"폐하! 자궁이 2cm 두께의 여러 층으로 구성된 기관인 건 잘 아시죠?"

"당연하지! 자궁장막, 자궁근층, 자궁내막으로 이루어졌지."

"총알은 18mm 정도를 파고들었어요. 그리고 그 안쪽으로 1mm 정도까지 염증이 있고요."

X—ray나 CT로 총알의 위치를 확인할 수 없는 상황이기에 알려준 것이다. 그리고 불과 1mm 정도의 여유만 있을 뿐임을 주지시킨 것이다. 조심하지 않으면 안 됨을 의미한다.

"어휴~! 까다롭겠네. 알았어."

잠시 후, 자궁을 뚫고 들어가다 멈춘 총알을 끄집어냈고, 주변의 염증 부위는 살살 긁어냈다. 최소한만 제거한 것이다.

석션이 없기에 거즈로 뱃속의 고름과 피를 모두 훑어낸 후 미라힐을 환부에 뿌렸다.

거품이 이는가 싶더니 이내 스르르 아문다. 동시에 주변 부위의 소독까지 병행되었다.

꼼꼼하게 남은 고름이나 피가 없는지 확인하곤 봉합했다.

미라힐을 뿌리면 흔적도 없겠지만 그렇게 하면 수술했음을 알 수 없을 것이기에 일부러 꿰맨 것이다.

봉합을 마친 후엔 미라힐 두어 방울을 떨어뜨렸다. 며칠 후 실밥을 뽑으면 그 흔적만 남을 것이다.

"다 되었다. 도로시! 확인해 봐."

"네!"

─ 신장 162.7㎝   ─ 체중 50.2kg

─ 좌우시력 1.5, 1.5   ─ 면역지수 38

─ 특기사항 : 빠른 수분 및 영양보충이 필요함!

"흐음! 면역지수가 낮네."

총상을 입은 이후 먹은 거 없이 신음만 내뱉었다. 게다가 염증이 발생되었던 상태이니 당연한 일이다.

"그래도 조금 전보다는 오른 거예요."

총알을 빼냈고, 염증 부위를 모두 제거했으니 차츰 나아진다는 뜻이다.

"괜찮아진다고?"

"네! 아직 어리니까요. 그나저나 수분을 어떻게 보충하죠?"

마림바는 수술을 해달라면서 수액조차 준비해놓지 않았다.

로엔디는 총상을 입은 이후 지금껏 의식을 잃은 상태라 현재 수분 부족상태이다.

이대로 방치되면 탈수상태가 된다. 그러면 혈압이 떨어지고, 뇌가 수축하기 시작하여 인지장애를 일으키게 된다.

이런 상태로 체중의 20%에 해당하는 수분이 빠져나가면 사망한다.

총상 전 체중이 얼마였는지 알 수 없지만 체중이 60kg이었다면 6일만에 12kg의 수분을 잃고, 사망할 가능성이 있다.

"일단 마취 침부터 빼지."

의식이 없으니 자력으로 물을 마실 수 없는 상황이라 서둘러 침을 뽑았다.

미라힐을 써서 상처를 아물게 하긴 하였지만 생살을 쪘던 고통은 남아 있는지 나지막한 신음을 토한다.

"이봐요, 아가씨! 아가씨!"

"으으! 으으으으!"

양쪽 뺨을 톡톡 두드려 의식 회복을 꾀했으나 신음뿐이다.

"도로시 상태 스캔 다시 해봐."

"넵!"

신일호가 로엔디의 머리와 배에 손을 얹었다. 이 상태로 대략 5초가량이 흘렀다. 전신 스캔에 충분한 시간이다.

"다 괜찮아요. 다만 수분 소모가 너무 많았으니 얼른 깨워서 물을 마시게 해야 해요. 영양 보충은 다음이에요."

"물……? 잠시만."

사방을 둘러보았으나 식수는 보이지 않는다. 수도꼭지는 물론이고 냉장고나 정수기가 보이지 않았다.

"이호! 밖으로 나가서 마실 물 좀 찾아봐."

"네! 폐하."

신이호가 서둘러 나갔다. 이때 도로시의 음성이 있었다.

"이 마을 전체가 비어 있어요."

빠른 속도로 마을을 헤집는 신이호와 시선을 공유하는 모양이다.

"음용에 적합한 물이 없는데 어쩌죠?"

"어쩌자고 이런 동네에… 쩝~!"

마림바 입장에선 정부군의 접근이 없는 텅 빈 마을이 안전하다 생각했던 모양이다.

살펴보니 본인도 뭘 먹은 흔적이 보이지 않는다.

이 아가씨의 수술을 맡기기 위해 부지런히 돌아다니면서 수술도구만 챙긴 모양이다.

"일호! 혹시 엘릭서 희석액 가진 거 있어?"

"네! E—Y 있습니다."

엘릭서—옐로우는 농도 5%짜리이다.

탁월한 해독 작용을 가졌으며, 수은과 같은 중금속을 쉽게 배출시키는 효능을 가졌다.

10%짜리 그린은 1~2기 암을 완치시키고, 25%는 3기, 50%는 4기 암을 치료해 낸다.

현수는 무협소설에 등장하는 만독불침지체이며, 단 하나의 암세포도 증식 불가능한 완전무결한 건강체이다.

비록 마나를 사용하진 못하는 상태이긴 하지만 지구의 어떤 인간보다도 강하며, 민첩하다.

게다가 늘 보디가드들이 따라다닌다. 따라서 엘릭서를 사용할 일이 없다.

그럼에도 신일호가 5%짜리 희석액을 가지고 다니는 이유는 엘릭서 낭비를 줄이려는 도로시의 생각 때문이다.

현수의 측근 중 누군가가 독사에 물렸거나 독약을 잘못 삼켰을 때를 대비한 것이다. 이때 5%를 넘는 엘릭서를 복용시키는 것은 일종의 낭비이다.

"일호! 그거 하나 주고, 이 아가씨를 일으켜 봐. 먹이게."

"넵!"

신일호는 로엔디의 뒤쪽에 앉아 그녀를 품에 안은 채 후두 부분을 조절했다.

"이제 조금씩 흘려 넣으시면 됩니다."

"알았어!"

현수는 로엔디의 입을 벌린 후 조심스레 엘릭서 엘로우를 흘려 넣었다.

그렇게 반병쯤 먹었을 때 도로시가 중얼거린다.

"이 아가씨는 복이 많네요."

"뭔 소리야?"

"폐하를 만나 수술을 받았고, 엘릭서까지 먹잖아요."

입안으로 들어간 희석액 중 원액 성분은 로엔디의 모든 충치를 말끔하게 없애 버렸다.

그러는 동안 식도를 타고 들어간 이온음료는 빠르게 흡수되어 부족했던 수분을 보충하고 있다.

"덕분에 건강한 아기가 태어날 거예요."

엘릭서 성분이 부상당한 모체뿐만 아니라 이제 겨우 착상된 수정란에까지 영향을 끼치는 모양이다.

크기가 작으니 거의 엘릭서 원액을 마신 것과 같은 결과를 낼 것이다. 다시 말해 로엔디의 아이는 태어날 때부터 면역지수 100을 유지하는 건강체가 된다.

평생 잔병치레를 하지 않을 뿐만 아니라 외부요인으로 인한 각종 질병으로부터 자유롭게 된다.

다시 말해 말라리아, 콜레라, 장티푸스, 이질, 홍역, 에이즈, 파상풍, 에볼라, 사스, 메르스 등의 병원체를 직접 체내에 주입해도 말끔하게 제거하는 신체가 된다.

아울러 이제 겨우 착상인 단계이니 혹시 있을지 모를 유전적 질병으로부터도 자유롭게 된다.

다시 말해 선대로부터 물려받는 유전자로 인한 질병과 아듀하게 된다. 터너증후군과 다운증후군 및 대머리, 색맹, 혈우병 등과 관계없는 신체가 되는 것이다.

뿐만 아니라 뛰어난 두뇌까지 갖게 된다. 아무리 낮아도 IQ 150은 훌쩍 뛰어넘게 될 것이다.

이렇기에 복 받았다는 말을 한 것이다.

"끄으응~!"

엘릭서 옐로우 250㎖를 모두 흘려 넣자 로엔디가 낮은 신음을 내며 깨어난다. 과연 엘릭서이다.

"아가씨! 아가씨!"

"으응……? 여, 여긴 어딘가요?"

"여기는 킨샤사의 이름 모를 마을이에요."

"…마, 마림바 오빠는요? 그는 어디에 있죠?"

"마림바는 뭘 구하러 갔어요. 조금 있으면 올 겁니다."

"저… 죽은 거 아닌가요? 총 맞았는데. 으으윽!"

손으로 하복부를 만지려다 신음을 토한다. 몸 안쪽으로부터 통증이 전해진 모양이다.

"죽지 않았어요. 배에 총을 맞았는데 총알은 빼냈어요. 이제 회복만 하면 됩니다."

"의, 의사 선생님이신가요?"

"네. 의사예요. 하인스 킴이라고 합니다."

"저, 진짜 죽은 거 아니죠?"

로엔디는 정말 믿어도 되느냐는 표정이다.

"안 죽었어요. 배 아프죠? 그게 안 죽었다는 증거예요."

"아! 고마워요. 끄응!"

서둘러 자리에서 일어나려던 로엔디는 이맛살을 찌푸리며 신음을 토했다.

"아직 일어나면 안 돼요. 배를 꿰맸거든요. 잠깐만요."

현수는 벽에 붙어 있는 거울 조각을 떼어냈다. 깨진 걸 진흙을 개어 벽에 붙여두었던 것이다.

겉의 먼지를 닦아낸 후 로엔디가 본인의 환부를 살필 수 있는 각도로 비춰주었다.

"꿰맨 거 보이죠? 총알이 자궁벽에 박혀서 여기부터 여기까지 째고 수술했어요."

"……!"

마땅한 수술도구가 없었는지라 제법 길게 쨌다. 이걸 보곤 조금 놀란 듯하다. 그러거나 말거나 현수의 말이 이어진다.

"이건 아가씨 배에서 빼낸 총알이에요."

고름과 피가 묻어 있는 총알을 본 로엔디는 아찔함을 느끼는지 눈을 감는다.

"수술은 잘 되었어요. 염증 없이 잘 아물 거예요."

"……!"

"배를 꿰맨 실은 4~5일 후에 뽑을 거고요."

"저 병원 못 가요."

"왜요?"

"그건······."

로엔디는 대답하지 않았다. 대신 도로시가 보고했다.

'로엔디는 아마도 토마스 루방가(Thomas Lubanga)의 딸인 듯해요.'

오랜 내전 중이라 확실하게 신분을 특정할 수 없다는 의미가 담긴 보고였다.

'토마스 루방가? 그게 누군데?'

'투치족 출신의 반군 지도자였던 보스코 은타간다가 체포된 후 그의 뒤를 이은 반군 지도자예요.'

'뭐어? 로엔디가 반군 지도자의 딸이라고?'

현수는 화들짝 놀랐음을 감추지 않았다.

마투바의 오빠인 마림바가 반군에 가담했다는 건 안다.

다만 지도자의 딸과 같이 다닐 정도로 중요한 인물이라는 건 상상도 못 한 때문이다.

이전의 기억을 더듬어 보았다.

마림바는 폭탄 테러를 일으켰고, 그 자리에서 사망했다.

비교적 짧은 생이었고, 몹시 바빴던 현수와 일면식도 없었기에 이게 기억의 끝이다.

'토마스 루방가의 네 아들은 교전 중 사망했고, 딸 둘은 어려서 죽었기에 하나만 남았어요. 그 딸의 이름이 로엔디예요. 투치족 고유어로 아침 이슬이라는 뜻이네요.'

'아침 이슬? 확실한 거야?'

'잠시만요.'

도로시는 순식간에 콩고민주공화국의 모든 데이터를 확인했다.

'한국으로 치면 초등학교를 졸업했을 때 찍은 사진 속의 얼굴과 많이 비슷하네요. 골격을 성장시켜 보니까 딱이에요.'

미래의 기술은 한 살 때 사진으로 여든 살 때의 모습을 구현할 수 있다. 물론 반대로 가능하다.

여든 살 때의 모습으로 청년 때 어땠는지를 확실하게 알 수 있다.

이 기술은 중간에 사고를 당해 골격이 변했거나, 성형수술을 받지 않았다면 97.25% 이상 일치했다. 따라서 로엔디가 반군 지도자의 딸이라는 것이 사실인 것이다.

Chapter 05

—

허름한 수술실에서

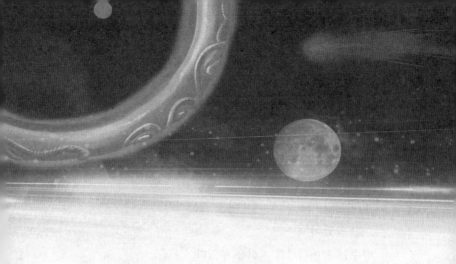

'초등학교 졸업이면 13살 때 찍은 거라는 거지? 그럼 로엔디는 지금 몇 살이야?'

'사진 속 인물이라면 지금 스무 살이네요.'

'뭐어? 스무 살? 근데 임신을 했어?'

김지윤 차장은 28세, 조인경 과장은 29세이다. 그럼에도 아직 결혼할 생각이 없는 듯했다.

그런데 8~9살이나 어린데 벌써 아이를 가졌다니 기도 안 찬다.

'원 세상에……! 애가 애를 가졌네.'

'에고, 여기뿐만 아니라 다른 나라에서도 스무 살이면 결

혼해서 애 낳고 사는 데가 많아요.'

'그래도 그렇지 너무 어린 거 아냐?'

'한국이 워낙 늦게 결혼해서 그렇지 정상이라니까요.'

한국은 30대 여성의 3분의 1이 미혼인 국가이다.

출산과 육아를 감당할 만큼 충분한 경제력을 갖춘 신랑감
이 없어서인 때문이고, 페미니즘 때문이기도 하다.

'쩝! 알았어.'

현수는 로엔디에게 시선을 주었다.

"로엔디! 혹시 아빠 이름이 토마스 루방가야?"

"네? 그, 그걸 어떻게……?"

이번엔 로엔디가 화들짝 놀란다. 처음 보는 동양인 의사가
어떻게 아버지를 아는가 싶었던 것이다.

"쩝~! 그렇다면 실밥 뽑는 게 쉽지 않겠군."

킨샤사의 병원으론 못 데려간다는 뜻이다.

조제프 카빌라 대통령과 가에탄 카구지 내무장관이 로엔디
를 어떻게 할지 알 수 없는 때문이다.

"실밥을 어떻게 빼냐 하면……."

현수의 말은 이어지지 못했다.

삐이꺽―!

양철문을 달고 있는 녹슨 경첩이 비명을 질렀던 때문이
다.

"다녀왔습니다."

안으로 들어선 건 신이호였다.

"물 여기 있습니다. 그리고 이건 카사바[4]를 삶은 뒤 다진 것 같은데 이름은 모르겠습니다."

물은 생수병에 담겨 있었고, 신이호가 내민 음식에선 시큼한 발 냄새 같은 냄새가 났다.

인근에 식수가 없음을 보고받은 도로시는 신이호로 하여금 시내 쪽으로 가면서 식수와 음식을 구해오라는 지시를 내렸던 것이다.

"일단 물부터 마셔요."

생수병을 건네자 기다렸다는 듯 들이켠다.

"배고플 텐데 이것도 먹어요."

로엔디를 사양하지 않고 카사바 찐 걸 먹었다.

잠시 지켜보다 지나가는 말인 양 물었다.

"혹시 임신한 거 알아요?"

"…네? 누가요?"

"누구긴? 아가씨는 지금 임신 중이에요."

열흘은 굶은 것처럼 허겁지겁 카사바를 씹어 삼키던 로엔디의 움직임이 멈췄다.

"저, 정말요……?"

몹시 놀란 듯 눈이 커져 있다.

"이제 막 착상해서… 아니다. 아가씨는 앞으로 열 달쯤 지

4) 카사바(Cassava): 길쭉한 고구마처럼 생긴 식물. 열대지방에서는 고구마와 함께 중요한 식량 공급원으로 활용된다.

나면 아이를 낳게 될 거예요."

착상, 자궁 이런 표현을 잘 모를 것이라 생각하여 거두절미한 것이다.

"임신 중에는 잘 먹고, 잘 쉬어야 하는데……."

"……!"

대꾸 없이 먹고 마신다. 배도 고프지만 뭐라 대답할 말이 없어서일 것이다.

"로엔디는 읽고 쓸 줄 알아요?"

"네! 알아요."

"알았어요."

현수는 잠시 상념에 잠겼고, 로엔디는 1리터짜리 물병을 금세 비웠다. 카사바 찐 것도 모두 먹어버렸다.

"일단은 내가 머물고 있는 호텔로 가요."

"……?"

"실밥 뽑을 때까지는 호텔에 머물게 해줄게요. 그걸 뽑은 다음엔 아버지에게 가요. 그리고 꼼짝도 하지 말고 태어날 아기를 위해 그곳에 머물러요."

"제게 왜 이런 친절을……?"

"마림바는 우리 회사 직원 마투바의 오빠예요."

"아……!"

로엔디는 고개를 끄덕인다.

이때 자동차 브레이크 소리에 이어 경첩음도 들렸다.

끼이익!

삐이꺽─!

"헉헉! 서, 선생님!"

양철문을 열고 들어서는 마림바는 울고 있었다.

"죄, 죄송해요. 마취약을 구할 수가… 어? 로엔디!"

현수의 뒤쪽에 있던 로엔디를 발견한 마림바는 깜짝 놀라더니 이내 후다닥 달려든다.

하지만 침상 앞의 현수에 의해 제지당했다.

"로엔디는 지금 몸이 성치 않아. 그리고 방금 전에 수술을 마쳤고, 면역 기능이 낮은 상태야."

현수가 마림바에게 반말을 하는 이유는 그가 10살이나 많기 때문이다. 마림바의 나이가 이제 겨우 스물한 살인 것이다.

"네……?"

"로엔디를 더러운 손으로 만지면 감염될 우려가 있다고. 그러니 깨끗이 손을 씻고 오든지 멈춰!"

"……!"

마림바는 학교를 다녀본 적이 없다. 따라서 면역과 세균, 그리고 감염이라는 말을 모른다.

왠지 모르지만 현수가 막으려는 게 이상했는지 잠시 멈추는가 싶더니 잽싸게 몸을 틀어 로엔디에게 향했다.

웬만했으면 성공했을 것이다. 하지만 현수가 누구인가!

이내 현수에 의해 뒷덜미를 잡혔고, 그대로 밖으로 끌려 나갔다.

"로엔디를 만지면 상처가 덧나게 된다고!"

"…덧나요?"

감염은 몰라도 덧난다는 말은 아는 모양이다.

"그래! 도대체 여기에 며칠을 둔 거야? 탈수와 영양실조 증상이 겹친 상태야. 하루만 더 있었어도 죽었을 거야."

"저, 정말요?"

"내가 농담할 이유가 있을까?"

"오빠! 나 수술해주셨대. 배에 박힌 총알도 뽑아내셨고. 나 이제 괜찮은 거 같아."

마림바는 로엔디가 손으로 가리킨 총알에 시선을 주었다. 고름과 피가 묻은 것이다.

"저, 정말 수술을 하신 거예요?"

"절대로 로엔디의 몸에 손을 대지 않는다고 약속하면 설명을 해주지."

"…알았어요. 로엔디를 만지지 않을게요."

마림바가 힘을 빼자 현수도 놓아주었다.

"그나저나 좀 씻고 다녀라! 너한테 나는 냄새 정말 지독하다. 대체 얼마나 안 씻은 거냐?"

"…알았어요! 씻을게요."

"좋아! 딱 여기 서 있어."

"네!"

마림바가 지정한 자리에 서자 현수는 로엔디의 배에 얹어놓은 거즈를 살짝 들춰 수술한 자국을 보여주었다.

"여길 뚫고 들어간 총알이 로엔디의 아기집에 박혀있었다."

자궁이라는 말을 모를 것이기에 한 표현이다.

"염증…, 덧난 데가 있어 긁어내고 치료한 뒤 꿰맸다. 4~5일 후에 이 실을 뽑아내면 괜찮아질 거야."

말을 마치고 거즈를 내려놓자 마림바가 무릎을 꿇는다.

"감사합니다. 감사합니다. 정말 감사합니다."

마림바는 진심으로 감사의 뜻을 전했다. 잠시 지켜보다 입을 열었다.

"로엔디는 지금 임신… 아기를 가졌어. 네 아이지?"

"…네? 저, 정말요? 로엔디가 정말……?"

마림바는 몹시 놀란 듯 말까지 더듬는다.

"그래! 임신했는데 지금은 완전 초기야. 앞으로 열 달쯤 있어야 낳을 거야."

"아! 네에."

"근데 큰 부상을 당해 수술을 했으니 앞으로는 잘 먹고 잘 쉬어야 해. 알았지?"

"……!"

마림바는 대답하지 않았다. 지금 당장 뭘 어떻게 해야 할지

감이 잡히지 않아서 일 것이다.

"수도 인근에도 반군 거점이 있지?"

"그건……."

말을 해야 하나 말아야 하나 하는 표정이다.

"당연히 있겠지. 하지만 어딘지 말은 하지 마. 내가 알 필요는 없으니까. 안 그래?"

"네에. 그럼요."

마림바는 말하지 않게 해줘서 고맙다는 표정이다.

"며칠은 로엔디를 돌봐줄 거야. 실밥 뽑을 때까지. 그러고 나면 조용히 데리고 가. 알았어?"

"네! 감사합니다. 이 은혜를 어떻게 갚죠?"

"너희 둘이 싸우지 않고 잘살면 그게 은혜를 갚는 거야."

"……!"

마림바는 대답 없이 바라보더니 고개를 숙여 예를 표한다.

"근데 마투바랑 동생들은 어떻게 할 거야? 걔들도 다 데리고 갈 거야?"

"아뇨! 동생들은 한국인 아저씨가 잘 돌봐주고 계세요."

안전이 확보된 곳에서 보호받고 있으니 두고 가겠다는 뜻이다. 물론 영원히는 아닐 것이다.

"알았어. 일단은 돌아가자."

"네에!"

마을 어귀에 세워두었던 경찰차는 다시 시내로 들어갔다. 목적지는 풀먼 호텔에서 천지건설 사무실로 바뀌었다.

먹는 건 호텔이 더 좋겠지만 로엔디를 돌봐줄 사람이 없고, 호텔엔 정부의 눈이 너무 많은 때문이다.

오랜만에 오빠와 조우한 마투바는 눈물을 뽑으면서도 마림 바의 가슴을 마구 두들겼다.

아직 스무 살도 안 된 동생에게 그보다 훨씬 어린 동생을 셋이나 맡겨놓고 연애질이나 했으니 맞을 만했다.

로엔디는 장차 시누이가 될 마투바의 정성 어린 간호를 받았다.

엘릭서를 복용하였기에 하루면 모든 기력을 회복하는 기적을 보일 것이다.

다음 날 아침, 사무엘 오벤의 상태를 확인하였다.

절개했던 두피는 확실히 아물었다. 마지막에 떨군 미라힐 덕분일 것이다. 그럼에도 실밥은 뽑지 않았다.

하루만에 그러면 안 되기 때문이다.

사무엘은 컨디션이 좋다고 했지만 아직 허벅지가 낫지 않았다. 하여 며칠 더 경과를 두고 보기로 했다.

다음으로 그의 모친에게 파동치료를 시작했다.

이번엔 431.988Hz로 세팅했다. 도로시는 아직 초기인지라 8일 정도면 완치될 것이라는 예상을 내놓았다.

그럼에도 일단은 삼 주일을 두고 보자고 하였다. 아직 파동치료기의 효능을 100% 확신하지 못한 때문이다.

무톰보 병원을 나서는 현수의 손에는 링거와 영양제 등을 들려 있었다.

이춘만 지사장은 지난 며칠간 엄청 바쁘게 움직였다.

관급공사 적격심사 결과가 나온 것을 본사에 통보했고, 잉가댐 건설공사 확정도면을 항공으로 발송했다.

그러고는 천지건설 킨샤사 지사로 쓰일 사무실을 구하러 돌아다니느라 바빴던 것이다.

매일 유유자적한 생활을 하다 갑자기 바빠졌기에 제대로 먹지도 못하고, 쉬지도 못하여 체중이 약간 줄었다.

하여 이 지사장에게 줄 것이라 하고 챙겨 나온 것이다.

지금껏 사용하던 지사의 안쪽엔 작은 방이 하나 있다.

창고로 쓰이던 곳에 야전침대를 가져다 놓고 로엔디를 옮겨 놓았다. 유사시 옆집으로 슬쩍 옮겨갈 수 있는 위치이다.

그쪽 집과 교분이 있었는지 언제든 통과할 수 있도록 뒷문을 열어주었다.

현수는 로엔디에게 링거(Ringer)를 꽂아 충분한 수분과 영양을 공급하도록 했다.

아직 착상상태인 아기도 보호하기 위함이다.

나흘째 되는 날엔 실밥을 뽑을 것이고, 그 후엔 동부의 요충지인 부니아시(市)로 돌아가게 된다.

현재 반군 지휘부가 머물고 있는 주요 거점 도시이다.

마림바는 킨샤사를 떠나기 전 현수 앞에서 다짐 하나를
한다.

반군에 가담하는 것은 가납하지만 절대로 자폭 폭탄 테러
를 시도하지 않겠다는 것이다.

그럴 경우 로엔디는 과부가 되고, 배 속의 아이는 평생 아
비 없는 삶을 살게 되며, 마투바에겐 하나뿐인 오빠가 사라짐
을 주지시켰다.

아울러 동생들의 오빠와 형 노릇을 못하게 됨을 이야기했
다.

생각해 보니 모두에게 끔찍한 일이다.

콩고민주공화국 정부가 잉가댐 공사를 뒤로 미루지 않는
이유는 반군들의 수중에 잉가라댐이 들어간 때문이다.

지금껏 킨샤사에 전기를 공급하던 수력발전소를 빼앗긴 것
이다.

하여 서둘러 잉가댐 건설공사를 진행하려 했지만 그마저
여의치 않았다. 반군들의 기습 공격 때문이다.

반군 입장에선 정부군이 마음 놓고 전기 쓰는 꼴을 두고
볼 수 없는 때문이다. 그러는 한편 지나 건설사들을 회유했
다.

동부엔 코발트 등 첨단산업에 필요한 지하자원이 풍부하
다. 금광도 있고, 유전 또한 있다.

골치 아픈 발전소와 댐 건설공사 대신 이를 개발하여 수익

을 나누자고 꼬신 것이다

*　　　*　　　　*

지나 건설사 입장에선 반군의 회유에 응하지 않으면 건설 현장에 대한 대대적인 공격이 지속적으로 이어질 것이기에 못 이기는 척 등을 돌린 것이다.

그러면서 무기를 공수(空輸)해주었다.

조만간 정부군이 반군들에 의해 제압당하게 되면 꿩도 먹고 알도 먹을 것이라는 복심이다.

어쨌거나 반군은 정부군에 전기를 공급하지 않는다. 하여 킨샤사의 전력 사정은 상당히 나쁘다.

하여 공공관서 및 호텔 등은 디젤발전기를 돌려 간신히 전력을 공급하고 있다. 그래서 천지건설 킨샤사 지부 역시 자체 발전기를 사용하고 있었던 것이다.

문제는 발전기를 돌릴 기름이 여유롭지 못하다는 것이다.

콩고민주공화국에도 유전은 있지만 이를 휘발유나 경유 등으로 정제하는 기술이 없어 전량을 수입을 한다.

문제는 외화가 부족하다는 것이다. 하여 터무니없는 일이 빚어지고 있다.

원유 100배럴과 등유 3배럴을 맞바꾸는 일 등이다.

어쨌거나 잉가댐 건설공사는 시급히 진행되어야 할 일이다.

문제는 반군이다.

보다 빨리 정부군이 손을 들어야 더 많은 이득을 취할 수 있다 판단한 지나의 건설사는 각종 무기를 제공하는 한편, 전략과 전술에 능한 군사고문까지 데려다주었다.

그 결과 거의 매일 대대적인 전투가 벌어지고 있다.

당연히 많은 사상자가 발생하고 있다. 사무엘 오벤 중령의 부상 또한 반군과의 교전 때문이다.

아무튼 로엔디는 반군 지도자 토마스 루방가의 딸이다.

딱 하나 남은 자식이라 당연히 애지중지하였기에 마림바를 경호원 겸 친구로 배치하였다.

제법 똑똑한데다가 생긴 것도 멀쩡하고, 심지도 굳으며, 충성심도 나무랄 데 없다 평가받은 것이다.

로엔디는 한마디로 정의하자면 '천방지축'이다.

하늘 방향이 어디이고, 땅의 축이 어디인지 모른다는 뜻으로 언제 무슨 일을 어떻게 벌일지 갈피를 잡을 수 없다.

너무 오냐오냐 하면서 키운 결과이다.

얼마 전부터 정부군과의 교전을 구경시켜 달라고 졸랐다.

전장은 몹시 위험하며 어떤 일이 빚어질지 모르므로 뜻을 접으라 하였더니 계속 삐쳐 있었다.

로엔디를 사랑하는 마음이 깊었던 마림바는 그녀의 고집을 이겨낼 수 없었다.

하여 몰래 전장 가까이 데리고 갔다.

그날따라 유난히도 치열하였기에 멀리서 숨은 채 망원경으로 전장을 지켜보도록 했다. 그러면서 총알에는 눈이 없으니 꼼짝도 하지 말라고 하였다.

바위 뒤에 숨은 채 콩 볶는 듯한 총성과 비명을 지르며 쓰러지는 반군 및 정부군을 보게 된 로엔디는 겁에 질린 얼굴로 고개를 떨궜다.

총탄이 머리를 뚫고 들어가 뒤통수가 떨어져 나가면서 허연 뇌수가 흩어지는 모습을 보았으니 당연한 일이다.

교전은 정부군 쪽으로 기울었다.

반군은 1대 중대병력이었지만 정부군은 1개 대대병력이었으니 당연한 일이다.

전장을 지켜보던 마림바는 손 하나라도 보탤 심산으로 후다닥 뛰어나가 전사한 반군의 총을 집어 들었다. 그리곤 로엔디가 숨어 있는 쪽으로 되돌아오려고 했다.

사격 솜씨가 제법 좋기에 멀리서 저격하려던 심산이다.

이때 마림바를 조준하는 눈길이 있었다. 우연히 이를 발견한 로엔디는 큰 소리로 조심하라는 소리를 질렀다.

"마림바! 숨어."

타탕! 타타타탕―!

화들짝 놀라 몸을 숨길 때 총성이 울려 퍼졌다. 마림바 대신 위치가 발각된 로엔디에게 쏜 것이다.

급히 바위 뒤로 몸을 숨겼는지라 다행히도 당하진 않았지만 다수의 표적이 되어버렸다.

타타타타탕! 타타타타타탕—!

이내 콩 볶는 듯한 총성이 울려 퍼졌다. 마림바는 자신 때문에 로엔디가 위기에 처했음을 알고 즉각 응사를 시작했다.

그러면서 천천히 포복하여 바위 쪽으로 이동했다. 얼마 전에 온 지나의 군사고문이 알려준 대로 했다.

견제사격 때문에 일어나서 달릴 수 없었던 때문이다.

100m쯤 되는 거리를 이동하는 데 걸린 시간은 약 15분이다. 그러고는 세 명의 정부군과 교전을 시작했다.

그러던 어느 순간!

로엔디가 비명을 지르며 쓰러졌다.

"아악—!"

바위에 튕긴 적의 총알이 마림바의 뒤에서 오들오들 떨고 있던 로엔디의 복부를 뚫고 들어간 것이다.

"로엔디! 왜 그래?"

"으윽! 으으윽! 너, 너무 아파! 으으윽!"

배를 움켜쥔 로엔디의 손가락 사이로 선혈이 나오자 마림바는 총을 버리고 그녀를 데리고 곧장 전장을 이탈했다.

다행히도 정부군은 둘 다 죽은 것으로 생각하였는지 추격하지 않았다. 반군들의 공격이 있었기 때문이기도 하다.

전장을 떠나 안전한 곳을 찾던 마림바는 연신 신음을 토하는 로엔디를 보고 당황하였다.

피가 너무 많이 흘러나왔던 때문이다.

반군의 거점에도 병원은 있지만 너무 멀다. 그곳까지 가려다간 중간에 죽을게 뻔하다. 하여 거꾸로 킨샤사로 숨어들었다. 그러던 중 인적 끊긴 마을을 발견하였다.

멀지 않은 곳에서 반군과의 교전이 빈번하게 일어나자 거처를 버리고 모두 떠나 버린 마을이다.

마을을 뒤지던 중 발전기가 있는 집을 발견하였다. 마땅한 이동수단이 없기에 버리고 간 모양이다.

전등을 켜고 로엔디를 살핀 마림바는 사색이 되었다. 사랑하는 여인이 죽어가고 있었던 때문이다.

마림바는 킨샤사 시내 한복판으로 숨어들었다. 의약품을 구하기 위함이다.

콩고민주공화국의 수도 킨샤사의 면적은 약 9,965㎢이다.

604㎢인 서울의 16.5배 정도 된다. 2015년 통계자료에 의하면 인구는 약 1,160만 명이다.

이렇게 넓고 인구도 많지만 약국은 달랑 3개뿐이다.

하나는 벨기에 사람이 운영하는 것이고, 나머지 둘은 지나인들의 가게이다.

마림바가 벨기에 인이 운영하는 약방에 당도한 것은 오후 8시 경이다. 이미 문을 닫았는데 도난방지를 위한 굵은 철창으로 둘러싸여 있었다. 아무런 도구도 없기에 어찌 손 써볼 방법이 없는 난공불락인 요새 같았다.

할 수 없이 지나인들의 가게를 차례로 찾아갔었는데 둘 다 기관총으로 무장한 경비원들이 있었다. 호신을 위한 권총 한 자루뿐인 마림바로선 넘볼 수 없는 곳이었다.

이 와중에 의술의 신이라 칭해지는 하인스 킴에 대한 소문을 듣게 되었다. 사무엘 오벤이 언제 수술받는지에 관한 것도 들었다.

마림바가 서둘러 찾아간 곳은 대문이 빨강과 노랑, 그리고 검정색으로 칠해진 병원이다.

벨기에 국기와 같은 색상이다.

'빈자병원'이라 불리는 이곳은 벨기에 외과의사 미루앙 루카쿠가 운영하던 곳이다.

식민지이던 시절 벨기에의 수탈이 너무 심했음을 사과하는 의미로 봉사하는 삶을 살기 위해 건립한 병원이다.

25년 정도 유지되었는데 현재는 운영되지 않는다. 원장이 알츠하이머에 걸려 벨기에로 되돌아간 때문이다.

미루앙 루카쿠는 본국으로 떠나기 직전 온전한 정신일 때 후임을 보내겠다는 약속을 했다. 하지만 10여 년이 지난 지금도 이곳은 비어 있다.

어쨌거나 이곳에서 꽤 많은 수술이 이루어졌다. 주로 골절 환자들이 많았다. 전문적인 교육을 받은 간호사가 있는 것도 아니라서 테이블 데스가 심심치 않게 발생하였다.

그렇게 죽은 자들이 많이 발생해서 그런지 인근 주민들은 근처에 얼씬도 하지 않는다.

한국으로 치면 귀신 나온다는 소문이 난 것이다.

안에 들어가 봐야 오래 사용한 수술기구 정도밖에 없기에 도둑들도 탐내지 않는다.

동네 개구쟁이들은 겁이 나서 발을 들여놓지 못한다. 대낮에도 약간은 서늘한 기분이 들기 때문일 것이다.

어쨌거나 수술도구 덕분에 여러 사람이 병신을 면한 건 잊고, 그것 때문에 목숨을 잃은 것만 생각하는 모양이다.

깊은 밤, 아무도 없는 병원에 숨어든 마림바는 캐비닛 속 수술도구를 훔쳤다. 경비원이 없으니 식은 죽 먹기 같았다.

그리곤 곧장 로엔디가 있는 곳에 세팅을 해놓고 무톰보 병원 인근으로 가서 상황을 살폈다.

어떻게든 현수를 유인하기 위함이다.

아침 일찍 경찰차를 타고 현수가 당도했다.

현수가 병원 안으로 들어가는 것을 확인한 마림바는 한가롭게 대기하던 경찰관을 급습했다.

담배 한 대 피우려고 차 밖으로 나왔다가 몽둥이로 뒤통수를 얻어맞은 경찰관은 기절했다.

마림바는 인근 창고로 경찰관을 끌고 간 뒤 옷을 모두 벗기고 꽁꽁 묶어두었다. 죽이면 대대적인 추적이 있을 것이기에 목숨은 빼앗지 않은 것이다.

그러고는 현수가 나올 때까지 기다렸다.

사무엘 오벤의 수술을 마친 현수가 나오자 시치미 뚝 떼고 시동부터 걸었다. 이렇게 하여 로엔디가 목숨을 구할 수 있었던 것이다.

이곳으로 오기 전에, 그러니까 현수의 시간으로 2,930년쯤 전에도 로엔디가 총상을 입었다. 그때도 교전 구경을 하겠다고 마림바를 졸라서 나왔다가 당한 것이다.

마림바는 고통을 호소하는 로엔디의 상태가 심상치 않다는 것과, 한시가 급하다는 것을 알지만 눈물을 머금고 반군 지휘부가 머물고 있는 부니아시로 향했다.

킨샤사의 병원으론 가지 않은 이유는 반군지휘부에 갈등을 조장할 수도 있는 인질이 될 수도 있는 때문이다.

서두른다고 서둘렀지만 길은 험했고 멀었다. 제대로 된 도로가 개설되어 있지 않았기에 그야말로 고난의 행군이었다.

촌각도 쉬지도 않고, 지친 발걸음으로 천신만고 끝에 부니아시에 당도하긴 했다. 이때까지만 해도 로엔디는 연약하지만 신음을 내고 있었다.

하지만 수술실에서 목숨을 잃었다.

자궁의 염증이 복막염으로 번진 데다 패혈증까지 왔으니 손을 쓸 수 없었던 것이다.

어떻게든 총알을 뽑아내려고 자궁을 절제했던 의사는 임신 중이었다는 것을 말하며 애도의 뜻을 표했다.

분노한 마림바는 로엔디의 부친인 토마스 루방가를 찾아가 자폭테러를 자행할 테니 폭탄을 달라고 하였다.

하나 남은 자식의 죽음에 분노한 토마스는 즉각 트럭 가득 기름과 폭탄을 싣도록 했다.

마림바는 이를 몰고 곧장 은질리 공항으로 몰고 갔다.

그러고는 허름한 담장을 뚫고 곧장 프랑스에서 막 당도한 여객기를 향해 질주했다.

당황한 공항 수비대가 튀어나와 기관총을 난사하며 저지하려 하였지만 트럭의 전면은 총알로는 뚫지 못할 철판이 덧대어져 있었다.

원래는 담장을 뚫는 목적으로 덧댄 것이었는데 총알을 막아주는 역할까지 했던 것이다.

마림바는 여객기와 충돌하기 직전 1962년에 개봉한 영화 '페드라(Phaedra)'의 마지막 장면처럼 크나큰 목소리로 '로엔디(Roendie)'를 외치면서 격발장치를 눌렀다.

그 즉시 거대한 폭발이 일어났고, 은질리 공항은 완전한 개판이 되어버렸다.

비행기에 있던 181명의 승객 및 승무원이 목숨을 잃었고, 근처의 여객기 3대가 전소되는 사고가 벌어졌으며, 공항 건물 일부가 대파되었던 것이다.

마림바는 그렇게 신화해버렸다.

그런데 이번엔 로엔디도 죽지 않았고, 무사히 돌아간다.

태중의 아기는 엘릭서 덕분에 튼튼하게 성장할 것이고, 태어나면 잔병치레를 겪지 않는 건강 체질이 된다.

반군 지도자의 하나밖에 없는 딸이 죽지 않았으니 자폭테러에 쓰일 트럭도 준비되지 않는다.

우연한 기회에 구한 목숨 하나 덕분에 200명 가까운 인원이 죽지 않게 된 셈이다.

Chapter 06

—

의사시험

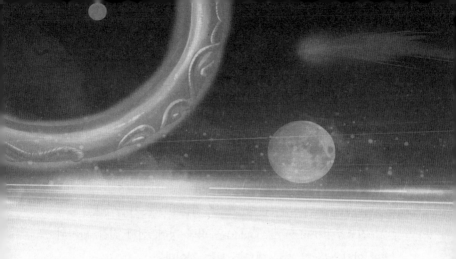

"다시 오실 거죠?"

"그럼요! 시험만 마치면 꼭 올 겁니다."

"그럼, 잘 다녀오십시오."

현수가 크게 고개를 끄덕이자 모두들 안도하는 표정이다.

콩고민주공화국 야권의 기수 미나쿠 오벤 하원의장은 아내와 아들, 명실상부한 권력 실세 가에탄 카구지 내무장관은 아들과 조카가 입원 중이다.

언제 어떻게 될지 알 수 없는 상황임에도 주치의가 부득이하게 출국해야 한다기에 공항까지 배웅 나왔다.

혹시나 그냥 떠나 버릴까 싶었던 것이다.

현수가 출국하려는 이유는 일찌감치 지정해놓은 의사 국가고시 실기시험 일정 때문이다.

이번에 치르는 의사 국가시험은 시작 및 종료 신호에 따라 12개의 시험실을 이동하면서 각 시험실에서 주어지는 과제를 수행하는 것으로 진행된다.

크게 나누면 '진료문항'과 '수기문항' 두 가지이다.

진료문항(Patient encounter)은 병력 청취, 신체 진찰, 환자와의 의사소통 및 진료 태도를 보는 것이다.

한 문제당 10분씩 6문제가 출제되며, 사이시험 5분은 별도이다. 참고로, 사이시험은 키보드를 이용하여 컴퓨터에 답안을 입력하는 방식으로 치러진다.

가슴통증, 호흡곤란, 객혈, 관절 통증, 피부 발진, 팔다리 근력 약화 및 감각이상 등 54개 항목 중 6문제가 출제된다.

각각 100점씩 배점되므로 진료문항의 총점은 600점이고, 15분씩 6문제이니 90분이 소요된다.

수기문항(Procedure skills)은 의사가 가져야 할 기본 기술적 수기를 평가하는 시험이다.

1문제당 5분씩 6문제가 출제되며, 각각 50점씩 배점되어 총점 300점으로 평가된다.

기관삽관법, 정맥주사, 농양 절개 배농술, 봉합술 등 총 32가지 항목 중 어떤 것이 출제될지는 알 수 없다.

가에탄 카구지 등은 한국으로 가지 말고 아들을 봐주면 안 되겠느냐는 말을 했었다.

이에 파동치료가 진행되는 동안엔 딱히 할 만한 특단의 조치가 없으며, 이번 시험을 놓치면 꼬박 1년을 더 기다려야 한다는 설명에 아쉽지만 놓아줄 수밖에 없었던 것이다.

"제가 당부한 대로만 유지하면 별 탈 없을 겁니다."

현수는 신사호를 남겨두기로 했다. 파동치료기가 제 역할을 다 할 수 있도록 제어하는 역할을 맡긴 것이다.

아무도 파동치료기를 건드릴 수 없도록 하는 것이 신사호에게 내려진 임무이다.

현재는 광학스텔스 기능을 끈 상태이며, 다부진 체격을 가진 동양인 모습을 하고 있다.

신일호과 신이호는 경호 때문에 귀국길에 동행하지만 신삼호에겐 다른 임무가 부여되었다.

저택 인근의 토질을 확인토록 한 것이다. 아울러 전단토에서 생장하고 있을 바이롯을 확인하도록 했다.

바이롯은 부작용 없는 천연 비아그라로만 쓰이는 것이 아니다. 일부 성분을 추가하거나 제거하면 유아나 노인의 기력을 크게 북돋아주는 보약이 된다.

체질을 타지 않고, 녹용이나 인삼보다도 더 뛰어난 효과를 보여 면역력이 떨어지면 걸리기 쉬운 감기, 대상포진, 장염, 구순포진 등과 같은 질병에 시달리지 않게 된다.

따라서 바이롯을 재배하여 세 가지 품목으로 발매하면 엄청난 외화를 갈퀴로 긁는 큰 수입원이 될 것이다.

이러니 반드시 확보하라는 명을 내린 것이다.

어쨌거나 하원의장과 내무장관 등의 배웅을 받으며 비행기에 올랐다. 그렇게 프랑스 파리를 경유하여 인천공항으로 날아가고 있을 때 도로시의 보고가 있었다.

"폐하! 문제가 발생되었어요."

"문제? 무슨 문제? 서울시에서 또 건축심의 반려한대? 그래서 학교 지을 땅을 매입하라고 지시했잖아."

신수동 Y—빌딩 신축 사업은 참으로 거치적거리는 것이 많다는 생각에 살짝 짜증이 나서 그런지 현수의 음성은 다소 퉁명스러웠다.

확 엎어버리고 아예 다른 도시를 택할까 하는 생각을 할 때 도로시의 보고가 이어진다.

"아뇨! 이번엔 Y—빌딩 때문은 아니에요."

"그래? 그럼 뭔데?"

여전히 퉁명스러운 대꾸이다. 어떤 일이든 술술 풀리지 않으면 불쾌하니 당연한 반응이다.

"프랑스에서 반환한 도서 중 일부가 도난되었어요."

"뭐? 뭐라고? 뭐가 어쩌구 저째……?"

살짝 말꼬리가 올라갔다. 의문문이라서가 아니다. 말도 안되는 일이 벌어졌다는 보고에 어이가 없는 것이다.

"그거 외교행낭에 넣어 국적기에 실렸을 거 아냐. 설마 JAL 같은 외국항공사에 실렸던 거야?"

"아뇨! 그건 아니에요. 국적기로 보내진 건 확실해요. 그럼에도 문제가 발생되었어요."

"어떻게? 그게 가능해? 외교행낭에 담겼다며……?"

'Diplomatic bag' 또는 'Pouch'라 표현되는 외교행낭은 외교사절단과 본국 정부 간 및 자국의 다른 사절단과 영사기관 간에 외교상의 서류 등의 수송에 사용되는 행낭이다.

반드시 자루에 담아야 하는 것은 아니다. 내용물에 따라 봉투 혹은 박스 등의 포장도 사용한다.

'외교관계에 관한 비엔나 협약 27조'에 의거하면 외교행낭은 불가침이므로 당사국 관계자만이 개봉할 수 있다.

다만 담겨선 안 될 것이 들어 있다고 믿을 만한 충분한 이유가 있는 경우엔 파견국의 위임을 받은 대표에 의해 행낭의 개봉을 요구할 수는 있다.

이때 개봉을 거부하면 외교행낭은 발송지로 반송된다.

다시 말해 주불한국대사가 발송한 외교행낭은 대한민국 외교부 공무원 이외엔 접수도 되지 않고 개봉될 수도 없다.

"정확히는 행낭이 아니에요."

"그럼?"

"나무로 만든 박스로 보내졌어요."

"…박스? 그래, 그럴 수도 있겠네."

프랑스에서 보관하고 있던 대한민국의 문화재는 양도 많고 크기도 제각각이다.

프랑스는 문화재에 대한 인식이 뚜렷하기에 안전히 운반되도록 소위 말하는 뽁뽁이로 일일이 감싼 뒤 웬만한 충격으론 끄덕도 않을 박스에 담아서 전달했다.

이를 외교행낭이라는 명목으로 운송시킨 것이다.

"아무튼 외교행낭을 운반한 항공기 기장은 파리에서 17개의 행낭을 발송한다는 대사관의 공문서를 받았어요."

"그런데?"

"지금은 15개만 내용물이 있고, 2개는 빈 박스예요."

"뭐? 뭐라고?"

"네! 받아서 개봉해 보니 2박스가 비어 있었대요."

"처음부터 빈 박스로 온 건 아니고?"

"발송대장에 기록된 무게와 다르니 누군가 손을 댄 거죠."

"…그걸 누가 가져갔는지, 어디에 있는지는 알지?"

도로시는 디지털계의 신(神)이니 당연히 알고 있을 것이라는 생각을 한 것이다.

"일단 외교행낭 17개는 모두 인천공항에 당도했어요."

항공사엔 문제가 없었다는 뜻이다.

"파리—인천 직항로였을 테니 당연한 거 아냐?"

"맞아요. 그것들은 인천공항 도착 후 외교부 관계자가 인수했고, 목록 작성 후엔 곧바로 문화재청으로 이관되었어요."

외교부가 17개의 외교행낭을 받기는 했다는 뜻이다.

"그런데?"

"외교부에서 문화재청으로 넘기기는 했는데 2개의 내용물이 사라진 것 같다고 해요."

"프랑스 놈들이 덜 보낸 건 아니고?"

"네… 그건 확실히 아니에요."

프랑스에서의 인수인계 정보는 모두 확인했다는 뜻이다.

"그래? 근데도 그렇단 말이지?"

"네! 행낭은 모두 한국에 무사히 도착했고, 외교부에서 발송수량과 대조할 때까지만 해도 다 있었어요."

"좋아, 그런데?"

"그걸 문화재청으로 인수인계해주는 과정에서 그랬는지, 그 후에 그런 건지는 확실하지 않아요."

"왜?"

"담당 공무원들이 인수인계서에 사인한 기록이 없고, 두 곳 모두 상자의 무게 확인을 하지 않아서 그래요."

"끄응……!"

한국에 무사히 당도한 걸 확인했으니 그때부터 관심을 끊었다는 뜻이다. 아니라면 인수인계 정보가 전혀 입력되지 않았음을 의미하기도 한다.

다시 말해 외교부와 문화재청 담당자가 인수인계할 때 공식적인 서류를 만들지 않았다는 것이다.

"그건 담당자에게 물어보면 되잖아."

"그게…, 양측 담당자 모두 연락두절 상태라서요."

"뭐어? 혹시 실종 아냐? 누가 납치라도 한 거야?"

현수가 살짝 이맛살을 찌푸리자 도로시의 말이 이어진다.

"아뇨! 둘 다 휴가 중이에요."

"그래? 둘 다?"

"네! 문화재청 담당은 한 달 전에, 외교부 담당은 두 달 전에 미리 신청한 휴가예요."

"그런데 왜 연락 두절이야?"

"외교부 담당은 캐나다의 브리티시컬럼비아주에서 로키산맥으로 들어갔어요. 등산이 취미인 사람이네요."

"나머지 하나는?"

"문화재청 담당은 필리핀 보라카이로 갔어요."

"그래? 근데 연락이 안 돼?"

"로키산맥은 통신 불가능 지역이 많아요."

"그럼, 보라카이도 불가능해? 거긴 휴양지잖아."

"그건 아닌데 일단 해외 로밍 신청이 안 되어 있어요."

"위치 추적해 봤어?"

"현재 휴대폰은 꺼져 있는 상황이에요."

정확히 어디에 있는지 확인이 안 된다는 뜻이다.

"좋아! 그래서 없어진 게 뭔데?"

"일단 세계에서 가장 오래된 금속 활자로 인쇄된 직지심체

요절이 없어요. 천상열차분야지도도 없고요. 그밖에……."

"직지하고 천상열차분야지도가 없어졌다고?"

문득 뇌리를 스치는 상념이 있었다.

"그거 혹시 일본 놈이 빼돌린 건지 확인해 봐."

"일본 놈이요……? 잠시만요."

잠시 도로시와의 대화가 끊겼다.

실시간으로 일본 전역의 모든 통신을 감청하기 시작한 것이다. 유·무선 전화 통화는 물론이고, 잠수함과 기지 사이에 오가는 모든 암호 통신도 포함되어 있다.

뿐만 아니라 이메일과 SNS도 모두 확인하고 있다.

도로시의 능력이라면 5초 정도면 완벽하게 파악될 일이다.

그럼에도 10초 이상 대화가 끊긴 이유는 개인 간 대화까지 모두 확인하는 때문이다.

참고로, 2016년 현재 일본 인구는 약 1억 2,700만 명이다. 이들의 모든 대화를 확인하려니 시간이 걸리는 것이다.

12초 정도 흘렀을 때 도로시가 나직한 침음을 냈다.

"헐……! 어떻게 아셨어요?"

도로시는 허를 찔린 듯한 음성으로 반문했다.

"그렇지? 어느 놈이 연통해서 일본으로 빼돌린 거야?"

"최초로 빼간 놈과 일본에서 받은 놈은 알아냈어요."

"그럼……?"

"운반을 맡았던 하수인들의 행방을 좇는 중이에요."

"들······? 한둘이 아니라는 거지?"

"네! 운반책으로 확인된 놈만 셋이에요."

현수는 마뜩치 않다는 표정을 지었다. 적어도 네 놈이 매국노라는 것이 확인된 셈이기 때문이다.

"근데 어떻게 그게 일본까지 갔지? 공항에서 검색하고 그러지 않나?"

대한민국 정부는 문화재의 국외반출을 금지하고 있다.

이를 위해 모든 공항과 항만에 문화재감정 전문직원을 상주시키고 있다. 이들의 눈을 어떻게 피했느냐는 뜻이다.

"공항이 아니라 밀항선이 이용되었어요."

"밀항선? 우리 배야? 아님 일본 쪽이야?"

"야쿠자들이 주로 이용하는 일본 쾌속선이에요."

"우리 쪽에선 누가 빼줬는데?"

"한국 쪽 주모자는 판사 출신 여당 국회의원이에요."

"흐으음!"

현수가 나지막한 침음을 낼 때 도로시의 말이 이어진다.

"문제 있는 사학재단 집안 출신이고요. 판사 재직시절엔 친일파 후손들의 땅 찾기 소송에 그들의 손을 들어준 바 있어요. 뿐만이 아니에요 서울에서 개최되는······."

이놈은 국회의원이 되기 이전부터 서울에서 개최되는 '자위대 창설기념 행사'에 꼬박꼬박 참석했다.

＊　　　＊　　　＊

종군위안부 할머니들이 피를 토하는 심정으로 제발 참석하지 말라는 서한을 보냈지만 매번 무시하였다.

이것만으로도 욕 처먹어 싸다. 그런데 이뿐만이 아니다.

주한일본대사관이 주최하는 '왜왕 생일잔치'에도 빠지지 않고 얼굴을 디밀었다.

그러다 '쥐새끼라 불리는 놈'이 대통령일 때 그놈의 '욕심만 사나운 형'과 이 파티에서 만난 바 있다.

둘 사이에 어떤 교감이 있었는지는 알 수 없지만 이후에 정계에 입문하였고, 여당 공천을 받아 현재에 이른 것이다.

이보다 이른 판사시절엔 일본계 자본으로 설립된 제2금융권[5]과 제3금융권[6] 관련 소송 전부 승소 판결을 내려줬다.

다수의 억울한 이들이 발생되었지만 그들의 목소리는 사람들에게 전달되지 못한 채 천추의 한(恨)이 되어버렸다.

가만히 듣고만 있으려니 부아가 치밀어 한마디 했다.

"완전 미친놈이구먼."

"네! 조사해 보니 진짜 나쁜 놈이에요. 친일행위뿐만 아니라 부정입학, 세금탈루, 위장전입, 취업청탁, 부정축재 등 온갖

---

5) 제2금융권: 보험회사, 증권회사, 신용카드회사, 상호저축은행, 새마을금고, 신용협동조합, 리스회사, 벤처캐피털 등
6) 제3금융권: 소비자금융이라고 표현하기도 한다. 주로 대출을 전문으로 하는 대부업체 및 사채업체가 해당됨

부당한 일에 연루되어 있어요. 게다가……."

도로시는 이놈의 배경이 되어준 사학재단의 비리를 조목조목 열거하였는데 그 또한 만만치 않았다.

'법정부담금'은 교직원연금 부담금, 건강보험료, 재해보상 부담금 등 사학재단이 부담해야 하는 돈이다.

이를 내지 않는 것은 국민이 낸 세금을 떼어먹는 것과 마찬가지이다. 사학재단이 내지 않으면 시도교육청이 이를 대신 부담하도록 되어 있는 때문이다.

총 25억 원가량을 납부해야 함에도 꼴랑 1억 1,200만 원만 냈다. 다른 가족명의로 되어 있는 학교법인 역시 각 시도 평균치에 훨씬 못 미치는 돈만 냈다.

뿐만 아니라 선출직 공무원은 공직선거법상 사학재단의 이사로 등재되어선 안 됨에도 불구하고 판사시절 내내 이사직을 유지했다. 100% 불법이다.

엄정한 법률적 판단을 내리는 자리에 있으면서 본인부터 법을 어겼던 것이다. 다시 말해 판사석에 앉으면 안 되는 개만도 못한 종자가 여러 판결을 내린 것이다.

사회악이 되어버린 사학(私學)들을 징치하기 위한 법 개정이 사회적 화두가 되었을 때는 누구보다도 앞장서서 반대하였고, 장외투쟁까지 벌였다.

그러는 한편 사학비리를 감추려 온갖 부당행위를 하였다.

법률에는 학교법인의 비리를 막기 위해 반드시 외부인사로 채워야만 하는 '개방이사' 자리라는 것이 있다.

당연히 관계인이어서는 안 된다.

그럼에도 이놈의 부친인 사학재단 이사장은 최측근에게 그 자리를 주었다. 법률을 위반한 것이다.

이에 대한 조사가 실시될 것이라는 사전정보를 입수하자 재단의 모든 장부를 소각하는 일을 지시한 바 있다.

족벌경영, 회계부정, 인사비리, 공금횡령, 공금유용 등 일일이 지적하기에도 힘들 만큼 많은 불법행위와 직?간접적으로 연루되어 있다.

그러면서도 법을 관장하는 판사직을 유지했고, 국가 발전을 견인해야 할 국회의원까지 해먹는 걸 보면 가히 후안무치의 극치라 할 수 있을 것이다. 그런데 문화재까지 빼돌렸다.

"……!"

도로시의 입에서 별별 부당한 이야기가 흘러나오자 듣고만 있던 현수가 입을 연다.

"그놈 조상을 캐봐. 왜구가 신분 세탁한 건 아닌지."

자위대 창설기념식과 왜왕 생일잔치에 빠지지 않고 참석하는 것만으로도 친일파의 스멜이 진하게 느껴진 것이다.

여기에 온갖 불법과 비리에 연루되어 있다니 짐작되는 바가 있었기에 이를 확인코자 함이다.

"어머……! 어떻게 아셨어요?"

도로시의 음성에는 확연한 놀람이 담겨 있었다.

"뭐야……? 진짜 왜놈의 후손이야?"

"네! 이놈의 조부, 그러니까 할애비가 왜정시절 헌병대 고위직에 있던 쪽발이예요. 8.15 해방 이후 신분을 세탁하여 국내에 남은 토착 왜구 맞아요."

"정말 토착 왜구인 거야?"

"네! 패전 후 지네 나라로 가지 않고 한국에 남아 한국인 행세를 하고 있으니 토착화된 왜구 맞아요."

"그래, 그렇군!"

현수는 크게 고개를 끄덕였다. 도로시의 설명에 동의한다는 뜻이다.

"이놈에 대한 왜놈 쪽 기록을 뒤져보니 헌병으로 재직하던 시절 상당히 많은 고문과 악행을 저질렀어요."

"고문과 악행까지?"

"네! 본시 왜놈 순사였는데 고문 능력이 인정되어 군대로 차출되었다는 기록이 있네요."

"순사의 고문 능력이 인정돼?"

얼마나 가혹했을지 충분히 짐작된다.

"네! 상당히 많은 독립지사와 항일운동가들에게 악독한 고문을 가했어요. 그 결과 많이 돌아가셨고요."

"……!"

뭐라 한마디 하려는 순간 도로시의 말이 이어진다.

"뿐만 아니라 고리사채로 조선 사람들의 고혈을 빨아 엄청

난 재산을 모았던 놈이에요."

"고문으로도 모자라서 고리사채 놀이까지 했다고?"

"네! 패전 후 일본으로 가는 대신 경상도 모처에 가묘를 쓰고 그 안에 각종 골동품과 금괴 등을 감춰두었어요."

"왜, 안 간 건데?"

"경상도 쪽에 상당히 많은 토지를 가지고 있었으니까요."

조선인들을 착취한 대가로 땅을 사놨는데 그게 아까워서 일본으로 돌아가지 않았다는 뜻이다. 참! 욕심 사납다.

하여 뭐라 한마디 하려는데 보고가 이어진다.

"한동안 쥐 죽은 듯 숨죽이고 살았는데 6.25 전쟁이 발발하자 군인으로 신분을 세탁을 했어요."

"왜놈 헌병이었는데 국군이 되었다고?"

"네! 그것도 장교로 복무했어요."

점입가경이다. 어찌 이런 일이 일어났나 싶은 정도로 어처구니가 없었다.

"신분증도 없는데?"

"그때는 전쟁통이라 거의 모든 관공서가 불에 탔으니까요."

"헐……!"

말도 안 되는 일이 충분히 일어날 수 있는 환경이 갖춰졌다는 뜻이라 나지막한 침음을 냈다.

"아무튼 전쟁이 끝난 후에 고리 사채놀이를 하다가 경기도에 사학재단을 설립했네요."

"끄응……!"

6.25 전쟁이 없었다면 순사나 헌병 출신 왜놈이 한반도에 남는 일은 결코 없었을 것이다.

왜정시대 내내 놈들에게 지긋지긋하게 당했으니 이리저리 끌려 다니며 조리돌림을 당하거나 돌팔매질을 당하고도 남았을 것이기 때문이다.

어쨌거나 모든 것이 혼란스러웠던 6.25 전쟁이 있었기에 왜놈 중 일부가 국내에 자리 잡았다는 것이다.

미국의 원조를 받아 전후 복구가 시작되자 모아놓았던 재물을 바탕으로 더 크게 불리는 데 혈안이 되었다.

그리고 그렇게 번 돈으로 후손들을 가르쳤다.

그 결과는 친일파 또는 토착 왜구의 후손 상당수가 정(政), 군(軍), 언론, 법조 및 재계와 학계의 고위직이 되었다.

같은 시기에 독립군 또는 독립지사의 후손들은 똥구멍이 찢어질 정도로 가난한 삶을 살아야 했다.

모든 재산이 탕진된 결과 먹고살기에도 바쁘니 자식들의 학업에 투자할 돈은 없었을 것이다.

그 결과 대부분 사회 빈민층이 되어버렸다. 그러고는 현재에 이르기까지 온갖 천대를 받는 세월을 보내고 있다.

어쩌면 독립군의 후손들이 토착 왜구 또는 친일파들에 의해 종처럼 부림을 당하는 개 같은 경우도 있을 것이다.

실제로 대한민국 국회 의원실에 가보면 친일파의 후손들이 수두룩하다. 이들의 운전기사 중에는 독립군, 또는 독립지사의 후손들이 있다.

너무 가난하였기에 입에 풀칠이라도 하려 왜놈이나 마찬가지인 놈들의 수발을 들어주고, 고개를 조아리는 삶을 살고 있는 것이다. 참으로 엿 같은 세상이다.

"그놈의 핏줄을 이은 일가친척은 모두 확인되지?"

"당근이죠!"

대한민국에 거주 중이라면 어디서, 누구와, 무엇을, 어떻게, 얼마나 하는지 확실하게 파악하고 있으니 당연한 일이다.

"처벌하실 거죠?"

"당연히……! 절대로 그냥 놔둘 수는 없지."

"그럼, 어떻게 할까요?"

"일단은 금융재산 몰수부터 시작해. 그리고 조금이라도 나쁜 짓에 연루된 적이 있으면 그에 합당한 벌을 받아야겠지?"

"제가 파악한 후손만 150명이 넘어요. 이놈들에게 빌붙어 나쁜 짓을 자행했거나, 하고 있는 놈들도 상당하고요. 근데 데스봇 남은 건 그보다 훨씬 적어요."

"그래? 그렇겠지."

현수는 고개를 끄덕였다. 무슨 뜻인지 이해한 것이다.

"참, 그 국회의원에겐 뭐가 투여되었지?"

"데스봇이요."

"그럼 그거 즉시 레벨10으로 올려."

"넵! 즉각 실시하도록 할게요."

"근데 물리적인 고통을 주는 것만이 능사는 아니잖아."

"그야, 그렇지요."

"후속으로 철저한 사회적 매장도 실시하도록 해."

"네? 조금 더 구체적으로 지시를 내려주세요."

"일단 인터넷에 신상명세를 뿌려. 누가 누구의 후손이고, 어떤 짓을 했는지 아주 소상하게."

"그건 어렵지 않네요."

"다음으로 놈들의 직업부터 빼앗아. 회사를 운영하고 있다면 망하게 하고, 어딘가에 재직 중이라면 비위 사실을 고발하여 파면당하도록 해."

"넵!"

"재취업은 당연히 불가능해야겠지?"

"그럼요! 그야 당연하죠."

대한민국의 모든 상장사들을 쥐락펴락할 수 있으니 그리 어렵진 않을 것이다.

충분히 협력사들까지 영향력을 끼칠 수 있기 때문이다.

돈 없고, 직업이 없으면, 일어설 수 없는 것이 대한민국의 현실이다. 이 정도만 해도 죽을 맛일 것이다.

"우리 국민이 낸 세금으로 국민연금이나 기초노령 연금 같은 복지 혜택을 주면 안 되겠지?"

알아서 디지털 세계를 관장하라는 뜻이다.

"네! 확실히 할게요."

"어떻게 진행되는지 중간중간 보고하고."

"네! 기록해 둘게요."

도로시의 메모장에 기록되면 결코 처벌을 면하지 못한다. 외국으로 튀어도 마찬가지이다.

"그나저나 일본 쪽은 누구야?"

"내각조사실 소속 공작원들이에요."

"내각조사실? 일본 정부가 나선 거야?"

"그렇다고 볼 수 있죠."

"직지와 천상열차분야지도는 지금 누가 갖고 있지?"

"고이즈미 신따로라는 놈이 가지고 있어요."

"고이즈미라면 전 수상 말하는 건가?"

"아뇨! 그놈은 고이즈미 준이치로고요. 그 강간범 말고 고이즈미 신따로라고 따로 있어요."

"전 총리가 강간범이라고?"

"네. 고이즈미 준이치로는 대학 다닐 때 강간을 저지른 뒤 영국으로 도주했던 놈이에요."

"그래? 그럼, 고이즈미 신따로라는 놈은 누군데?"

"드러나지 않은 정계 거물이에요. 정치 세력 중 하나를 암중에서 좌지우지하고 있죠. 신일본제철 및 도요타와 도시바 등 몇몇 대기업들과 연관이 있고요."

"그래?"

"전후(戰後) 사채시장을 주름잡았던 놈이네요."

"나쁜 놈이라는 거지?"

"넵! 아주 악질이에요. 상당히 많은 불법을 저질러 많은 피해자를 양산시킨 놈이고요."

그럼에도 멀쩡하다는 건 권력이 있었다는 뜻이다.

"좋아! 이 일과 직접 연루된 놈들에겐 데스봇 레벨10 투여하고 직지와 천상열차분야지도 등은 즉시 회수해와."

"에이, 겨우 그걸로 끝이에요?"

데스봇 레벨10이 투여되면 2시간 간격으로 죽을 것만 같은 고통을 느끼게 된다. 어떠한 진통제나 마약으로도 감해지지 않는 지독한 고통이다.

자살만이 답인 상황이 되는 것이다. 그럼에도 처벌이 약하다는 듯한 반응이다.

"그거 가지곤 약한 거 같아? 도로시의 의견은?"

지금껏 현수의 지시보다 더 강력하게 처벌하자는 의견은 거의 없었기에 반문한 것이다.

"최소한 금융자산 몰수도 병행되어야 한다고 생각해요."

"…오케이! 그건 그렇게 해."

얼마나 가졌는지 몰라도 고리사채로 배를 불렸다면 여러 사람들의 고혈을 빨았다는 뜻이다.

그렇기에 별생각 없이 허락을 해줬다.

"넵! 즉각 시행합니다."

그런데 왠지 도로시가 신나하는 반응이다.

이때까지만 해도 현수는 몰랐다. 일본 내각조사실의 모든 예산이 깡그리 털려서 비상이 걸린다는 것을!

Chapter 07

—

라면 먹으실래요?

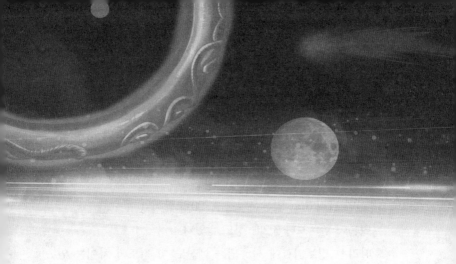

　내각조사실의 정식 명칭은 '내각정보조사실(CIRO)' 이다.

　'Cabinet Intelligence and Research Office' 의 이니셜이
다.

　미국으로 치면 CIA이고, 대한민국이라면 국가정보원이다.
첩보기관인 만큼 1년 예산이 얼마나 되는지는 비밀이다.

　참고로, 낭비되는 국가예산을 지키기 위해 설립된 '나라살
림연구소' 라는 곳에서 발표한 자료에 의하면 대한민국 국가정
보원의 2015년 결산액은 4,735억 원이었고, 국가안전보장활동
경비는 4,552억 원이었다.

　실질 결산액이 9,287억 원이라고 발표한 것이다.

대외적으로 밝히지 못한 부분이 많았을 것이므로 실제로는 이보다 훨씬 많은 돈이 사용되었을 것이라 추측된다.

어쨌거나 한국 국정원의 1년 예산이 1조 정도라면 경제 규모가 더 큰 일본은 얼마나 되겠는가!

세계은행 자료에 의하면 한국의 2015년 국내총생산은 1조 3,779억 달러였고, 일본은 4조 3,800억 달러였다.

일본이 한국보다 3.2배 정도 많았다.

따라서 정보기관에 사용되는 예산도 이 정도의 차이는 있을 것이다. 다시 말해 국정원 예산이 1조 원이라면, 내각정보조사실 예산은 최소 3조 2,000억 원 정도는 된다.

그런데 도로시는 내각정보조사실과 조금이라도 연루된 계좌가 있다면 모조리 털어버린다.

이렇게 털린 금액은 약 7조 4,600억 원이다. 배보다 배꼽이 더 큰 셈이다. 이 돈은 약 10만 번에 달하는 계좌이체를 통해 잘게잘게 쪼개져서 여기저기로 송금된다.

물론 최종 목적지는 'The Bank of Emperor' 이다.

분명히 존재하기는 하지만 현수 이외의 어떤 인간도 알지 못하는 초거대은행이다.

이 돈은 일본으로부터 수입하고 있는 각종 소재와 부품, 그리고 장비들을 국산화하는 데 투입될 예정이다.

굳이 돈을 벌려는 목적으로 벌이는 일이 아니다. 한국 경제의 일본 의존도를 '0' 에 수렴토록 하기 위함이다.

이렇게 되면 왜구들이 역사를 부인하거나, 어처구니없는 영토 야욕을 부릴 때 강력히 대응해도 뒤탈이 없다.

일본이 국교 단절 또는 수출입 제한 같은 조치를 취해도 전혀 아쉽지 않다는 뜻이다.

소재 등의 100% 국산화가 이루어지면 수입을 끊어 일본 기업들을 곤란에 빠뜨릴 수 있다. 엄청난 재고 때문이다.

그와 동시에 고질병이던 대일무역적자는 흑자로 전환된다.

국산화된 소재, 부품, 장비로 이익이 발생되면 그 돈은 Y—자선재단으로 보내져 일본에 의해 피해를 입은 당사자 및 그 후손들을 돕는 데 사용된다.

강제 징용피해자, 종군위안부, 독립지사 본인 및 후손들이 그 대상이다. 주거여건 개선, 생활비, 의료비 등을 지원하는데 쓰이게 될 것이다.

"그나저나 왜놈들은 참 이상해. 한국 문화재라면 환장을 하잖아. 지네 꺼나 잘 간수하면 되는데."

"그러게요. 남의 나라 것을 탐해요. 이상한 족속이에요."

도로시는 시큰둥한 반응이다. 벌써부터 내각정보조사실을 털려는 계산을 하고 있는 때문이다.

"내 생각엔 문화 열등감이 유전적으로 내려와서 그런 게 아닌가 싶어."

"문화 열등감이요?"

무슨 뜻인지 모르겠으니 더 설명해 달라는 의도이다.

"그래! 일본은 백제를 '구다라(くだら)' 라고 불렀어."

서기 4세기경의 일이다.

"백제(百濟)의 일본식 발음은 '햐쿠사이' 인데요?"

"그래 맞아! 같은 시기에 고구려(高句麗)는 '고우쿠리', 신라(新羅)는 '시라기' 라고 불렀지."

"왜 백제만 햐쿠사이가 아니라 구다라였던 거죠?"

분명히 알면서 묻는 말일 것이다. 그럼에도 현수는 자연스레 설명을 이어갔다.

"교토대학교 우에다 마사아키 교수의 의견은 '큰 나라' 라는 말이 일본식으로 바뀐 거라고 해."

"그러니까 고대 일본은 백제를 큰 나라라고 우러러보고, 더 나아가서는 선망의 대상으로 여겼다는 뜻이네요."

"그래! 일본 말 중에 '구다라나이' 라는 말이 있지?"

"くだらない라면 '시시하다, 하찮다' 는 뜻이잖아요."

"그래! 내 생각엔 '백제의 것이 아니면 별 볼 일 없다' 는 뜻에서 만들어진 말인 거 같아."

"그러니까 일본인들의 유전자에 도래인(渡來人)의 고향인 한반도에 대한 선망이 새겨져 있다는 뜻인 거죠?"

도로시는 확실히 행간을 읽는 능력이 있다.

"그래! 그러니 우리 문화재를 그토록 탐내지."

일본의 국보 1호는 교토 광륭사에 있는 미륵보살상이다.

조화를 이루는 균형 잡힌 형태와 우아하고 세련된 조각 솜

씨로 미루어 짐작컨대 백제 불상인 듯하다.

이 추측이 사실이라면 백제의 유물이 일본 국보 1호로 지정된 것이다. 그런데 이와 거의 같은 것이 한국에도 있다.

대한민국 국보 78호인 '미륵보살반가사유상'과 국보 83호인 '반가사유상'이 그것이다.

취하고 있는 자세 등은 유사하지만 재질은 다르다.

일본 국보는 나무로 만들어졌지만 한국의 것은 둘 다 금동(金銅)[7]이 재질이다.

참고로, 나무를 깎아 만든 반가사유상을 이용하여 거푸집을 제작하면 금동상 제작이 가능하다.

따라서 일본의 국보 1호와 완벽하게 일치하는 금동미륵보살상이 옛 백제의 땅 어딘가에 묻혀 있을지도 모른다.

어쨌거나 4세기부터 일본인들은 한반도를 깊이 짝사랑했다. 그게 유전자에 각인되어 현재에 이르고 있다는 것이 현수의 설명이었다.

그런데 이는 단순한 추측이 아니다.

1978년에 역사학자 미즈노 유우(水野祐)에 의해 발간된 '일본 고대 국가 형성'에 다음과 같은 내용이 있다.

백제인의 후손인 오우진(應神·4세기)과 닌토쿠(仁德·5세기) 부자는 최초로 일본을 지배한 천황이다.

---

7) 금동(金銅): 금으로 도금하거나 금박을 입힌 구리

아울러 오우진 천황이 백제 복식을 입었다는 기록이 '일본
서기(日本書紀)'에 나온다. 이들 천황 부자에 의해 고대 일본의
가와우치(河內)왕조가 세워졌다.

백제 성왕(聖王, 26대) 역시 일본 천황이다.

성왕은 서기 540년에 고구려를 공격하다 실패하자 일본으
로 건너와 킨메이(欽明) 천황이 되었다.

스이코(推古·6세기말~7세기 초) 천황은 백제 왕족의 순수한
혈통을 이은 일본 최초의 정식 여왕이다.

그의 남편 비다쓰(敏達) 천황도 백제인 왕족이다.

           *   *   *

"손님! 불편하신 점은 혹시 없으신지요?"

오랜 비행에 살짝 짜증이 나려는데 어여쁜 스튜어디스가
다가와 상냥한 미소를 짓는다.

이처럼 웃는 낯에 어찌 침을 뱉으랴!

현수 또한 작은 미소를 지으며 대꾸했다.

"네! 괜찮아요."

"혹시 음식이나 음료 필요하신 거 있으세요?"

말을 하며 메뉴판을 펼쳐 보인다. 뭐든 먹어달라는 뜻일 것
이다. 마침 라면이 눈에 뜨였다.

"그럼, 라면 한 그릇 부탁드려도 될까요?"

"어머! 그럼요. 그런데 어떻게 해드릴까요? 꼬들꼬들하게 해드려요? 아니면 푹 익혀요? 국물의 양은요?"

"푹 익히고 국물은 적당히 주세요. 단무지와 김치는 넉넉히 주시고요."

콩고민주공화국에 머무는 동안 느끼한 양식만 먹었기에 김치가 그리웠던 것이다.

"혹시 선호하는 브랜드나 상품이 있으신지요?"

"예…? 뭐든 다 돼요?"

라면의 종류가 참으로 다양하다는 걸 알기에 물은 말이다.

"에고, 그럴 리가요. 종류가 얼마나 다양한데요."

"아! 그렇겠네요. 그럼 혹시 오뚜기식품에서 나온 진라면 매운맛 가능한가요?"

한국에서 가장 많이 팔린 라면은 아니지만 현수는 이 라면을 선호한다. 이 기업의 이미지를 좋아하는 때문이다.

"네, 그건 있어요."

"다행이네요. 그럼 부탁드릴게요."

"파 송송, 계란 탁! 괜찮으시죠?"

"아이고, 그럼요! 불감청 고소원입니다."

현수가 지레 능청을 떨자 스튜어디스는 살포시 웃음 지으며 말을 잇는다.

"그럼, 음료는 뭐로 드릴까요?"

"그건… 그냥 시원한 생수나 한 병 주세요."

"네! 손님. 조금만 기다려 주세요."

스튜어디스는 정중히 허리 숙여 예를 갖추고 물러갔다.

'폐하! 방금 저 아가씨가 꼬리 친 거 아시죠?'

'꼬리를 쳐? 누가? 저 스튜어디스가? 내게……? 왜?'

현수는 심히 어리둥절한 표정이다. 왜 그러는지도 모르겠고, 전혀 그런 느낌을 못 받은 때문이다.

'폐하는 남자라 잘 모르시겠지만 여성성이 부여된 제 측에 따르면 방금 저 아가씨는 간 보고 간 거예요.'

'허어! 간을 봐? 내가 뭐 먹는 건가?'

말도 안 된다는 표정으로 스튜어디스의 뒷모습을 바라보았다. 얼른 뒤돌아서서 아니라고 말해줬으면 하는 심정이다.

도로시에게 손톱의 끝만큼이라도 트집 잡힐 만한 여지조차 주지 않고 싶은 것이다. 한번 그런 일이 생기면 두고두고 우려먹는다는 걸 잘 알기 때문이다.

그런데 걸음을 옮길 때마다 스리슬쩍 실룩이는 둔부와 스타킹으로 감싸인 쭉 뻗은 다리가 보인다.

그러고 보니 육감적인 뒤태이기는 하다.

'먹음직스러운가 보죠. 호호호!'

도로시는 뭐가 그리 웃기는지 교소까지 터뜨린다.

이 비행기의 1등석엔 현수와 신일호, 그리고 신이호 이외에도 여러 명의 외국인들이 탑승해 있다.

일호와 이호는 격투기 선수처럼 우락부락한 모습이다. 나이는 30대 중반 내지 후반으로 보이고, 100% 유부남이다.

현재는 깊은 잠에 취한 듯한 모습이다.

각별한 주의를 기울여 경호할 상황이 아니므로 여러 지식을 다운로드하는 중이라 이러하다.

도로시로부터 토양에 대한, 각종 작물에 대한 전체적인 데이터를 무선으로 전송받고 있는 것이다.

이들 이외의 외국인들은 모두 배 불룩한 50세 이상인 남자들이다. 돈이야 있겠지만 결코 호감형은 아니다.

반면 현수는 겨우 스물다섯 정도로 보이고, 부잣집 도련님처럼 귀티 나게 생겼으며, 호리호리한 체격이다.

엘리트 이미지인데 1등석에 탔다. 오랜 비행이 지겨울 미혼인 아가씨들의 관심을 독차지할 만한 상황이다.

하여 1등석 담당 스튜어디스 둘이 내기를 했다.

차례로 현수에게 말을 걸어보고 전화번호를 따면 밥 한 끼를 사주기로 한 것이다.

둘 다 성공하거나, 실패할 경우엔 각자 알아서 해결이다.

잠시 후, 현수는 오랜만에 라면을 영접할 수 있었다. 짭조름하면서 살짝 매웠는데 언제 먹어도 맛이 있었다.

꾸불꾸불한 면발이 현수의 위장 속으로 쓸려 들어갈 때 천지건설 로비엔 많은 사원들이 모여 웅성대고 있었다.

원래는 근무가 없는 토요일이지만 100명이 넘는 인원이라도떼기시장인 듯 몹시 시끌벅적한 분위기이다.

《 천지건설 2016-09-43 》
- 인사명령 -

소속 : 하인스 킴 전무이사 비서실
직위 및 성명 : 차장 김지윤

위의 사원을 '부장' 으로 승진 임명함.
아제르바이잔 샤프란 신행정도시 건설공사 수주에 혁혁한
공을 세워 사규에 따라 1계급 승진을 명함.
2016년 9월 24일
인사부장 최명헌

《 천지건설 2016-09-44 》
- 인사명령 -

소속 : 하인스 킴 전무이사 비서실
직위 및 성명 : 차장 조인경

위의 사원을 '부장' 으로 승진 임명함.
아제르바이잔 피르삿 유화단지. 공사 수주에 혁혁한 공을
세워 사규에 따라 1계급 승진을 명함.
2016년 9월 24일
인사부장 최명헌

지난 3월 말까지만 해도 김지윤과 조인경 모두 대리였다.

그런데 불과 6개월 만에 과장, 차장을 거쳐 부장님이 되었다는 뜻이다.

조인경의 경우는 9월 5일에 차장으로 승진되었으니 채 20일도 지나지 않아 또 진급한 것이다.

＊　　　　＊　　　　＊

"우와~! 이거 진짜 실화야?"

"그러게? 혹시 오늘 만우절이야?"

"미친……! 저기 봐. 9월 24일이잖아."

"제기랄! 우린 매일 야근이고, 주말에도 계속해서 출근인데 이건 뭐지?"

"그러게! 뭐 한 일이 있다고 또 진급이지?"

"저기 봐봐! 아제르바이잔 유화단지하고 신행정도시 건설에 각각 큰 공을 세웠다잖아."

"그러게. 182억 달러하고 610억 달러야. 합쳐서 792억 달러면 우리 돈으로 93조 1,194억 원이라고."

"그래, 그런 알아! 근데 진짜 큰 공을 세웠을까? 안 그래?"

"그건……!"

말끝을 흐리며 뭔가 의심스럽다는 표정을 지을 때 누군가의 입이 열린다.

"끄응! 이러다 내년엔 이사님 되는 거 아냐?"

"그러게. 근데 내년까지 가겠어? 조인경 차장님이 부장으로 진급하는 데 딱 19일밖에 안 걸렸는데."

"그러게! 근데 이렇게 진급이 쉬운 거였나? 우리 부서 남 대리는… 아! 미안……."

말을 하던 이는 남윤숙 대리를 발견하곤 황급히 물러선다. 최근 '천최미' 대리라는 닉네임을 얻은 존재인 때문이다.

참고로, 천최미는 '천지건설 최고의 미친년'의 준말이다. 그럴 만한 행동을 해서 얻은 별명이다.

같은 순간, 남윤숙 대리의 눈에서는 레이저가 뿜어져 나오고 있었다. 게시판에 붙어 있는 인사명령서를 뚫기라도 할 기세이다.

입사동기인 조인경 대리가 과장으로 진급했을 때 누구보다도 시기와 질투에 사로잡혀 온갖 히스테리를 부렸다.

부하 직원인 사원들에겐 물론이고 상사인 과장, 차장, 부장에게도 틱틱거리고, 짜증을 냈으며, 싸가지 없게 굴었다.

그 결과 부서 분위기가 엉망이 되자 부서장은 인사부장과의 면담을 신청했다.

마음 같아선 내보내고 싶지만 그럴 규정이 없어서 인사이동만 요청했던 것이다.

며칠 후, 남윤숙 대리는 견적실로 옮겨갔다. 공학 전공이 아닌지라 단순 보조업무를 맡게 되었다.

견적실에서 필요로 하는 각종 비품을 갖춰두거나, 일반 행정문서를 컨트롤하게 된 것이다.

부서 특성상 대부분이 남자라 대접을 받았다. 아주 못생긴 얼굴은 아닌 때문이다.

이전의 견적실은 '한산(閑散)' 그 자체였다.

한산의 사전적 의미는 '일이 없어 한가함'과 '인적이 드물어 한적하고 쓸쓸함'이다.

견적실은 두 가지 모두가 해당되는 부서였다.

총괄회장의 지시에 따라 국내 관급공사는 더 이상 맡지 않기로 했고, 아파트 단지조성도 하지 않는 때문이다.

간간히 민간이나 계열사에서 발주하는 빌딩이나 공장 등에 대한 견적을 냈지만 업무량은 많지 않았다.

따라서 견적실은 6시 칼퇴근이 당연한 부서였다. '주말 근무'는 사전에도 없는 용어가 되었다.

그러다 남 대리가 온 직후 정신없이 바빠졌다.

아제르바이잔 샤프란 신행정도시 건설공사와 피르샷 유화단지 조성공사의 견적을 내야 했던 때문이다.

이때부터는 야근과 주말 근무가 당연한 일이 되었다.

그룹 총괄회장은 물론이고 평상시엔 얼굴조차 보기 힘들었던 신형섭 사장까지 수시로 드나들면서 언제까지 되느냐고 채근하곤 했다.

과로로 인한 코피까지 흘려가며 견적을 완성했다. 그러고는 출국길에 오른 해외영업부를 배웅했다. 자신들의 피땀 어린 결과로 부디 좋은 성과를 내주기 바라는 마음이었다.

그리고 며칠 후, 멀고먼 아제르바이잔에서 두 건 모두 계약했다는 소식에 환호했다.

이날 이후 내리 3일간 축배를 들었고, 회식을 즐겼다.

그러던 어느 날, 존재조차 희미한 콩고민주공화국 킨샤사 지사에서 발송한 항공우편물이 당도했다.

잉가댐 및 수력발전소 건설공사 도면이다.

이날 이후 다시 야근과 주말 근무가 시작되었다. 또다시 그룹회장과 사장이 견적실을 기웃거리기 시작한 때문이다.

견적을 뽑는 건 어려운 일이 아니다. 문제는 도면이다. 누가 설계를 했는지 몰라도 너무나 허술했다.

하여 설계실과 시공팀 직원들을 불러들였다. 그 결과 수시로 설계가 변경되었다.

그때마다 새롭게 견적을 산출해야 했던 때문에 현재의 견적실은 몹시 바쁘다.

하여 토요일임에도 모두 출근한 것이다.

어쨌거나 남윤숙 대리는 조인경이 과장이 된 직후 자신도 곧 진급할 것이라 생각했다.

천지건설 상·벌점 규정을 보면 +3점 이상이면 무리 없이 진급하지만, -5점이면 정리해고 대상자가 된다.

참고로, 회사 내규를 보면 지각 및 결근 3회가 -1점이고,

업무태만이나 지시불이행도 ─1점이다.

이밖에 업무상 실수나, 회사에 큰 손실을 끼쳤을 경우에도 정도에 따른 벌점이 주어진다.

물론 공을 세운 경우에는 상점이 부여된다.

참고로, 아제르바이잔 건으로 김지윤과 조인경이 받은 상점은 각각 +20점이다. 내규에 따른 인사고과 상위 1%를 5년 연속 차지해야 하는 상점이다.

즉시 승진에 해당되는 +15점 이상이니 사규에 따라 1계급 승차하여 부장이 된 것이다.

참고로, 전무이사 하인스 킴의 상점은 +10,000점으로 기록되어 있다. 그룹 회장으로 승진해도 모자랄 점수이다.

두 건의 계약이 체결된 직후 이연서 그룹 총괄회장은 신형섭 사장과 머리를 맞댔다.

너무나 큰 공을 세웠으니 그에 합당한 대우를 해야 하는 때문이다.

현재 외유 중인 아들의 회장 직위를 박탈하고, 신형섭 사장을 그 자리에 올리면서 현수를 부회장에 임명하려고 했다.

이런 이야기를 하자 현수가 펄쩍 뛰었다.

Y─그룹을 이끄는 것도 신경 쓰이기 때문이다.

대신 현수의 연봉과 정년이 재조정되었다.

정년은 100살로 늘어났고, 연봉은 600억 원으로 껑충 뛰었다. 이 금액은 이연서 총괄회장이나 그룹사 회장들의 그것을 홀쩍 뛰어넘는 금액이다.

그리고 다른 재벌사의 그 어느 누구도 받아보지 못한 국내 최고의 연봉이다.

어쨌거나 남윤숙 대리는 지각 및 결근을 한 적이 없고, 업무를 태만히 하거나 상사의 지시를 거부한 적이 없으니 적어도 +3점은 될 것이라 생각했다.

하여 인사부 동기에게 술을 사면서 넌지시 자신의 인사고과 결과를 알고자 했다. 하지만 알아내지 못하였다.

기밀사항이니 당연한 일이다.

그럼에도 내년에도 진급하기 어렵다는 것을 직감했다. 동기의 표정과 몸짓, 그리고 말투로 미루어 짐작한 것이다.

말은 안 해줬지만 남윤숙 대리의 상·벌점은 0점이다. 승진 대상이 못 된다는 뜻이다.

+3점을 얻으려면 상위 5% 이내에 해당되는 인사고과를 받거나, 상위 20%에 해당되는 C등급이 되어 +1점씩 3년을 기다리면 된다. 회사에 큰 공을 세우는 방법도 있다.

그런데 견적실 단순 보조업무를 맡으면서 어찌 그런 상점을 성취할 수 있으며 공을 세우겠는가!

따라서 남윤숙 대리는 과장 진급연한이 차기 전까지는 결코 진급할 일이 없다.

어쨌거나 견적실은 요즘 주말 없이 출근하고 있다.

연일 이어지는 야근도 짜증나는데 주말에도 쉬지 못한다는 생각에 속이 편하지 않다.

이 와중에 조인경이 또 진급했다. 이젠 사원으로선 더 이상 올라갈 곳도 없는 부장님이 되셨다.

정상적이라면 10년 넘게 걸릴 일이 불과 6개월 사이에 일어난 것이다.

하여 게시판을 바라보는 남 대리의 속은 부글부글 끓다 못해 폭발할 지경이 되었다.

이때 뒤쪽의 누군가가 중얼거렸다.

"아! 근데 조 부장님이 우리 남 대리랑 입사 동기지?"

"맞아! 누군 대린데 누군 벌써 부장이 되었네."

"내년엔 이사가 될 거라는데 만 원 건다."

"난 이만 원⋯⋯!"

"오! 우리 남 대리 속 좀 쓰리겠는데? 안 그래? 하하!"

음성으로 미루어 짐작컨대 지난달에 결혼한 김 과장이다. 견적실로 자리를 옮긴 직후 발견한 훈남이다. 남 대리와 거의 같은 시기에 현장에서 견적실로 인사 이동 하였다.

하여 남몰래 짝사랑하고 있었는데 어느 날 청첩장을 건네서 한동안 가슴앓이를 시킨 장본인이다.

그날 이후 괜스레 모든 게 미웠다.

잘생긴 얼굴은 미워 보였고, 헬스로 다져진 몸도 이상해 보였다. 서글서글한 성품은 느글느글하게 느껴졌고, 정중한 어투는 비아냥거리는 느낌으로 받아들여졌다.

그리고 낮으면서도 굵직한 음성은 괜스레 느끼하다 생각했다. 방금 들은 음성이다. 그 순간 끓던 속이 터져 버렸다.

"아아악! 이건 아냐! 이건 거짓말이야. 아아아악―!"

느닷없는 고함에 모두가 경악할 때 남 대리는 게시판의 인사명령서를 뜯어냈다. 그러고는 박박 찢어발긴다.

이를 본 사원들은 일제히 물러섰다. 이제야 '천쵀미'를 발견한 것이다.

사원들은 얼른 엘리베이터 홀과 계단실로 흩어졌다.

천지건설 최고 미친년의 발작이 시작되었으니 얼른 튀어버린 것이다.

이날 오후, 남윤숙 대리는 인사부장으로부터 경고를 받았다. 한 번 더 소란의 장본인이 되면 벌점을 받을 수 있음을 고지한 것이다.

이에 남 대리는 사표를 썼다가 찢기를 10번이나 반복했다.

너무도 분한 마음이 들어서였고, 막상 나가려니 마땅히 갈 곳도 없는 때문이다. 그렇게 사직서를 쓰고, 찢고를 하고 있을 때 견적실장이 다가왔다.

"남 대리, 속상해서 그래?"

"시, 실장님……!"

"오늘 발표된 승진 때문에 그렇지?"

"……!"

남 대리는 아무 대꾸도 하지 않았다. 무언의 시인이다.

"남 대리가 조 부장님과 동기지?"

"네……!"

"그래, 샘나는 거 충분히 이해해. 동긴데 벌써 부장이 되었으니. 그래도 하루 종일 저기압으로 있는 건 별로야."

"그게… 죄송해요. 흐흑!"

견적실장의 다정한 말에 남 대리는 고개를 떨궜다. 이때 실장의 말이 차분한 음성이 이어진다.

"남 대리는 동기지만 난 조 부장님보다 입사가 11년이나 빨라. 입사 동기인 남 대리가 이럴 정도면 나는……? 저기 있는 김 과장, 안 과장이랑 최 차장, 이 차장은 어떨까?"

"……!"

남 대리는 아무런 대꾸도 할 수 없었다. 그러고 보니 회사의 모든 과장과 차장들을 제치고 부장으로 진급된 것이다.

하나도 아니고 무려 둘이나 그렇게 되었다. 다들 '이건 뭔가?' 싶은 마음이 들 것이다.

너무 본인만 생각했다는 생각에 고개를 떨군 것이다.

"그러니 마음 풀어! 속상해하면 본인만 스트레스 받는 거니까. 안 그래?"

"네에! 죄송해요. 안 그럴게요."

남 대리가 고개를 끄덕이자 견적실장은 할 말을 다했다는 듯 책상을 두어 번 툭툭 치고는 멀어져 갔다.

　　　　*　　　　　　*　　　　　　*

"어! 경주에서 지진이 났었어?"

현수가 보고 있는 것은 날짜 지난 신문이다.

"네! 지난 12일에 리히터 규모 5.8짜리 지진이 일어났죠. 1978년 홍성 지진 이후 38년 만의 대형 지진이었어요."

"그래? 꽤 셌네. 피해는?"

"불국사 대웅전의 기와가 떨어졌고, 석굴암 진입로엔 낙석이, 첨성대 꼭대기 돌이 심하게 기울어졌어요."

"민간 피해도 있었겠네. 인명피해는?"

"다들 놀라서 튀어나왔대요. 부상자는 23명이고요."

"그나마 다행이네. 그나저나 또 헛소리하는 놈들 있었지?"

"어머! 어떻게 하셨어요? 여당 원내대표라는 작자가 지진원인이 북한 핵실험의 여파라고 지껄였어요."

현수는 고개를 끄덕였다. 이런 일이 빚어질 때마다 꼭 개소리를 하는 년놈들이 있었기 때문이다.

"그럼 그렇지! 그놈은 핵실험이 있었던 함경북도 풍계리와 경주 사이의 거리가 한 1㎞쯤 되는 걸로 알 놈이야."

"풍계리와 경주의 직선거리는 600㎞예요. 핵실험의 여파가 전달되기엔 너무 멀죠. 그리고 풍계리에서 관측된 인공지진은 진도 5.0이었어요. 이게 전달되면서 더 커진다는 건 말도 안 되죠."

"그놈 대가리에는 뇌 대신 썩은 우동사리만 들었을 거야."

"멋진 표현이세요. 아주 적절하기도 하고요."

"흐음……!"

현수는 잠시 말을 끊었다.

막말 또는 망언으로 국민들로 하여금 심리적 피로를 느끼게 하는 것들을 잊었음을 상기한 것이다.

Chapter 08

—

아가리를 찢어!

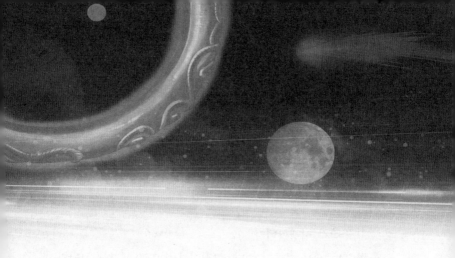

"도로시!"

"네! 폐하."

"1945년 8월 15일 이후 오늘까지 세상에 알려진 모든 막말과 망언들을 파악해 봐."

"넵! 근데 기준은요?"

황제의 명은 지엄하다.

그렇기에 이유를 묻지 않고 즉각 지시사항에 대한 파악에 들어가야 하지만 기준이 없기에 물은 것이다.

"도로시는 나를 잘 알지?"

"아이고, 그럼요! 가장 정의로우신 분이시죠."

도로시가 현수의 곁에 머문 것은 2,000년이 넘었다. 따라서 당연한 말씀이시다.

"누군가가 내뱉은 말을 들었을 때 내가 기분 나쁜 게 기준이야. 단, 언론 등을 통해 알려진 것들만 파악해."

사석까지 따지면 어마어마하게 많을 것이기에 내뱉은 말이다.

"넵! 즉각 시행합니다."

현수는 잠시 기다려 줬다. 그러면서 속으로 생각해 보았다. 그 수효가 얼마나 될까 싶었던 것이다.

1945년 8월부터 2016년 9월까지는 71년이 넘는 세월이다. 막말 또는 망언으로 국민들의 분노를 야기시킨 자가 한 달에 하나가 있었다면 총 852명이다.

"조사 끝났어요. 총원 4만 2,855명이에요. 이 중 사망자 3만 8,812명, 생존자 4,043명이에요."

"뭐어……? 뭐가 그렇게 많아?"

예상했던 숫자의 거의 100배에 달하는 인원이라 놀라지 않을 수 없었던 것이다.

"말씀하신 기준에 따른 조사 결과입니다만."

도로시는 자신의 보고를 믿지 못하느냐는 듯 새침한 음성으로 대꾸했다. 그리곤 말은 이었다.

"인터넷이 보급된 이후 막말 또는 망언이 널리 알려져서 그래요. 특히 2년 전 여수 앞바다에서 있었던 해상사고 이후 크게 늘었어요. 정치인과 언론인이 가장 많았어요."

"2년 전에 여수 앞 바다에서의 해상사고가 있었어?"

현수는 잠시 기억을 더듬었다.

이곳은 자신이 본래 살았던 세상이 아닌 평행차원의 지구이다.

그래서 그런지 본인의 기억과 달리 몇몇 사건은 일어나지 않았거나, 일어났어도 정도가 조금 다르다.

물론 큰 줄기는 거의 대부분 동일하다. 예를 들어 동학농민 운동과 일제시대, 한국전쟁 등이 그러하다.

고조선의 건국부터 조선까지는 거의 완벽하게 일치한다.

어쨌거나 평행차원이라 그런지 전혀 기억에도 없던 사건이 일어나기도 했다.

대표적인 것을 예로 들자면 김현수 본인의 실종과 부모님의 이른 사망이다. 없던 여동생도 그러하다.

'아! 그러고 보니 현주를 챙기지 않았네.'

존재하지 않던 여동생이라 이렇듯 깜박깜박한다.

Y—어패럴이 제대로 자리 잡고 있는지 확인 후 얼른 조치를 취해줘야 한다.

'그나저나 여수 앞 바다에서의 해상사고는 뭐였지?'

현수의 말끝이 흐려지자 도로시는 즉시 당시 사고에 관한 각종 정보를 현수의 눈앞에 띄웠다.

여수 엑스포여객선터미널을 떠나 제주도로 향하던 선박이

침몰했다.

이때 많은 인명이 사라졌다. 그리고 2년이 훨씬 지났지만 아직도 그 이유를 알아내지 못하고 있다.

이 선박에는 총 476명이 승선해 있었는데 선장과 선원을 제외한 나머지는 모두 군인이었다.

제주도 해군기지 확장공사를 지원할 병력이다.

사고가 나자 선원과 장교들은 재빨리 탈출하여 목숨을 건졌지만 겨우 20대 초반인 병사 대부분은 사망했다.

무려 304명의 병사들이 순직한 것이다.

사고 직후 충분히 탈출할 시간이 있었음에도 절대 선실 밖으로 이동하지 말라는 명령을 따랐다가 수장되었다.

생떼 같은 자식을 잃은 부모들은 울부짖으며 책임자 처벌을 요구했다.

그런데 2년 이상이 지난 현재까지 이 사고로 처벌받은 국가 책임자는 딱 하나뿐이다.

해경의 말단 정장(艇長) 하나만 처벌받은 것이다. 그러고는 제대로 된 조사조차 이루어지지 않고 있다.

해경이 공개한 영상 및 각종 자료는 조작되었다는 의심을 받고 있으며, 곳곳에서 조직적으로 뭔가를 은폐하려는 움직임이 있었다는 증언과 보도가 이어졌다.

누가 봐도 확실하게 뒤가 구린 사건이다. 그럼에도 현재의 정부는 아무런 조치도 취하지 않고 있다.

300명이 넘는 젊은이들이 속수무책으로 희생되었다.

당시의 기상 상태를 확인해 보니 분명한 인재(人災)이다.

설사 자연재해로 인한 사고라 할지라도 이대로 놔두어선 결코 안 된다. 흐지부지할 일이 아닌 것이다.

따라서 단 하나의 의혹도 남지 않을 만큼 철저한 수사가 이루어져야 하고, 그에 따른 엄격한 처벌도 있어야 한다.

문제는 현재의 집권 여당 및 권력기관들이 사건 은폐와 직·간접적으로 강력히 연관되어 있다는 것이다.

따라서 현재로썬 제대로 된 조사가 이루어질 수 없다.

경찰, 검찰, 판사가 권력 앞에서 알아서 설설 기는 간신배 같은 무리들로 구성되어 있었던 때문이다.

조선시대 대표적 간신을 꼽으라면 임사홍(任士洪)을 예로 들 수 있다.

세조 11년이던 1465년 알성문과에 급제해 정계에 입문했던 자이다.

본인은 효령대군의 손녀사위였고, 그의 두 아들은 각각 예종과 성종의 사위가 되었다.

임사홍은 연산군에게 생모인 폐비 윤씨가 사사된 내력을 알려 갑자사화(甲子士禍)의 비극을 불러온 장본인이다.

연산군 시절엔 연회에 쓰일 기녀들을 모집하기 위해 혈안이 되었던 채홍사였다. 흥청망청의 아이콘이라 할 수 있다.

성종 23년의 실록을 보면 다음과 같은 구절이 있다.

사헌부 대사헌 등이 차자[8]를 올려 말하기를, 임사홍은 형편없는 소인입니다.

성종시기의 대간[9]들은 임사홍을 간신(奸臣)이라는 표현으로도 부족하여 소인(小人)이라 불렀던 것이다.

이 사람은 중종 1년의 실록에 또 등장한다.

작은 소인 숭재[10], 큰 소인 사홍이여!

천고에 으뜸가는 간흉(奸凶)이구나!

천도(天道)는 돌고 돌아 보복이 있으리니, 알리라, 네 뼈 또한 바람에 날려질 것을!

연산군의 총애를 잃지 않기 위해 갖은 애를 쓰던 임사홍은 자신의 아들까지 죽음으로 몰아넣고, 그의 죽음 앞에서도 잔치를 열었다. 한마디로 권력에 눈이 멀었던 자이다.

그 결과 중종반정 이후 추살(椎殺, 몽둥이로 쳐서 죽임)되고, 부관참시(剖棺斬屍)되었다.

간신에 합당한 최후라 할 수 있겠다.

---

8) 차자(箚子): 조선시대에 일정한 격식을 갖추지 않고 사실만을 간략히 적어 올리던 상소문
9) 대간(臺諫): 조선시대에 사간원과 사헌부에 속하여 임금의 잘못을 간(諫)하고, 백관(百官)의 비행을 규탄하던 벼슬아치
10) 숭재: 임숭재, 임사홍의 아들. 성종의 사위

어쨌거나 현재의 경찰, 검찰, 그리고 판사들은 임사홍에 버금갈 놈들이 우글거리는 소굴이다.

따라서 이 시점에 철저한 수사를 부르짖으면 보다 조직적으로 증거를 은폐 또는 조작하거나 없앨 확률이 매우 높다.

그렇다면 다른 방법을 강구해야 하는데 조사라면 도로시가 대단히 유능하다.

단 한 점의 사심도 없이 그야말로 명명백백하고, 공평무사한 수사가 가능한 유일한 존재이다.

아울러 누군가의 농간에 따라 은폐 또는 삭제시킨 파일을 완벽히 복구할 능력을 가졌다.

또한, 이를 토대로 사건을 재구성하여 누가, 언제, 어떤 목적으로, 무슨 짓을, 어떻게 했는지를 찾아낼 수 있다.

"흐음! 뭔가 이상해. 도로시의 의견은……?"

"제가 분석한 바로도 그래요. 누군가가 조직적으로 구조를 방해했어요. 파악 중인데 어느 선에서 어떤 지령을 내렸는지 확실하게 까발리려면 시간이 필요해요."

"그래? 그럼 당연히 그렇게 해야지. 지금부터 전력을 기울여 사건 전모를 조사해!"

"넵!"

도로시의 대꾸가 끝나기 무섭게 현수의 명이 떨어진다.

"사건 조작에 가담한 자들은… 참! 데스봇 남은 거 별로 없지? 저번에 150개 남았다고 했었나? 캔서봇은 15개고."

"네, 당분간은 만들어도 쓸 수 없으니 전에도 말씀드렸듯이 후일을 위해 가급적 사용하지 않기를 권해 드려요."

"그래! 그래."

데스봇은 고통을 주기는 하지만 모든 병을 치료해주는 역할도 한다.

레벨 1로 맞춰서 투입하면 심한 감기·몸살에 걸린 듯한 근육통을 유발시킨다.

일반 진통제는 물론이고 마약으로도 통증을 줄일 수 없어 처벌의 수단으로 쓰인다.

다만 신성한 자비라 이름 붙여진 초강력 진통제 DM을 쓰면 완벽하게 정상적인 삶을 살 수 있게 된다.

"남은 데스봇은 몇 개야?"

"데스봇은 134개요. 캔서봇은 11개 남았고요."

"알았어! 그리고 기왕에 조사를 하는 거니 그 동안 알게 모르게 갑질한 것들도 조사해 봐."

"네? 갑질의 기준은……?"

"내가 조금 전에도 말했잖아. 딱 들었을 때 내가 눈살을 찌푸리거나 혀를 차는 정도를 기준으로 해."

"넵! 조사합니다."

"아! 하는 김에 권력을 이용하여 부당행위를 했던 자들도 싹 다 조사해."

"권력을 이용한 부당행위라 함은……?"

또 기준을 묻는 것이다.

"예를 들자면 특정 연예인이 정권을 비판했다는 이유로 방송 출연을 고의적으로 정지시키는 일 등이 되겠지."

"으음! 알았어요. 잠시만 시간을 주세요."

잠시 도로시와의 대화가 끊겼다. 두 건을 동시에 조사하려면 시간이 걸릴 것임을 알기 때문이다.

시간 난 김에 해상사고 당시의 영상을 재생시켜 보았다.

그런데 뭔가 이상하다.

해경이 사고 선박 가까이에 접근하기는 했지만 적극적으로 구조하려는 의지가 보이지 않았던 것이다.

근처에 머물면서 시간만 보내는 동안에 침몰해 버린 것이다.

예를 들자면, 특정 건물에 불이 났다는 신고가 들어오자 소방차와 소방대원들을 출동시켰다.

그런데 화재현장에 당도해서는 불은 끄지 않고 멀찌감치 떨어진 채 접근하려는 사람들만 차단하고 있는 것 같다.

말도 안 되는 행동을 한 것이다.

"흐음! 왜 구조를 안 했지? 침몰 전에 충분한 시간이 있었고, 탈출하라고만 했으면 거의 모두 나올 수 있었는데."

탑승객 전원이 혈기왕성한 청년들이었으니 어쩌면 말 한마디였으면 모두 생존할 수 있었을 것이다.

바닷물이 차갑다고는 하지만 구조를 위해 다가온 어선 등에 나누어 태우면 될 일이기 때문이다.

"분명히 뭔가가 있었군."

"조사 끝났어요. 근데 막말과 망언을 내뱉은 자들에 대한 처벌은 어떻게 하나요?"

"생존자가 4,043명이라고 했지?"

"네! 대부분 정치인과 언론인이고요. 그들이 한 말을 들으시면 폐하의 이맛살이 심하게 찌푸려질 거라고 자신해요."

현수는 겉으로 보기에는 25세지만, 실제 나이는 2,961살이다.

오랜 세월을 살아왔는지라 만사에 해탈을 해야 하는데 실제로는 그러하지 못하다.

육체가 그래서 그런지 정신 또한 여전히 혈기왕성하다.

"크리스토퍼 놀란 감독의 영화 '다크나이트'에 살인마 광대역할을 맡았던 히스 레저(Heath Andrew Ledger) 알지?"

"그럼요! 배트맨 시리즈 중에서 가장 기억에 남는 광대가 등장했던 영화잖아요."

"그래! 그 영화의 조커처럼 모조리 입을 찢어."

"네에……?"

도로시의 음성이 확연하게 커진다. 전혀 예상치 못했던 처벌인 때문이다.

*　　　*　　　*

"막말과 망언을 내뱉은 놈들 대부분이 정치인과 언론인, 아니 기레기라며?"

"네? 네에. 맞아요."

"그렇다면 이미 변형 캔서봇이나 데스봇이 투여되었을 거 아냐. 안 그래?"

"맞아요. 대상자 중 72%는 둘 중 하나가 투여된 상태이고, 24%는 둘 다 투여되었어요."

"그래! 그러니 다른 처벌은 어렵잖아. 신일호 형제들을 보내서 망언이나 막말을 했던 아가리를 찢어버려."

"지, 진심이세요?"

이런 명령을 받아본 적이 없기에 반문한 것이다.

"응! 내 상태를 체크해 보면 알겠지만 난 지금 심리적으로 지극히 안정된 상태야. 그렇지?"

"네! 맥박수 등이 매우 안정적인 건 사실이에요."

"그러니까 100% 진심이야. 최대한 빨리 아가리를 찢어서 다시는 그 같은 말을 할 수 없도록 해."

"경고하거나 사과할 기회를 주는 거 없이요?"

"그딴 연놈들에게 경고는 해서 뭐해. 그리고 진심으로 사과할 거 같아?"

"그, 그래도요. 개과천선할 기회를 주심이……."

말 한 번 잘못했다고 아가리를 쫙 찢어놓으라니 짐짓 말려 보는 것이다.

"그딴 놈들에게 개과천선할 기회는 왜 줘? 그리고 그놈들은 절대로 반성 안 해. 잊었어? 망가진 물건은 고쳐 써도, 사람은 절대로 고쳐 쓰는 거 아니라는 말!"

"듣기는 해봤죠."

"머리 검은 짐승은 거두는 거 아니라는 말도 있어."

지구엔 인간만이 머리 검은 짐승이다.

사람은 은혜를 입고도 배신하는 경우가 많으며, 오히려 은혜를 원수로 갚는 경우가 많았기에 생긴 말이다.

"에고, 알았어요. 근데 은밀히 처벌해요? 그래 봤자 병원에 가서 꿰매면 금방 소문이……."

"누가 은밀히 하랬어? 입을 찢은 뒤에 언제, 어디서, 어떤 말을 했는지, 그리고 그 말의 무엇이 잘못되었는지, 따라서 그에 대한 처벌로 아가리를 찢었다는 내용의 문서를 남겨."

"문서로요? 자칫 일파만파가 될 수도 있어요."

대대적인 수사를 뜻하는 말이다.

"괜찮아! 막말과 망언 생존자가 4,043명이라며? 며칠 사이에 4,000명 이상 입이 찢어지면 누구도 수사하지 못해. 지금의 한국은 에이프릴 증후군 때문에 전전긍긍하는 시절이잖아."

"그, 그건… 네! 그렇겠네요."

군과 검찰, 경찰 등을 지휘하는 고위직 상당수가 비명을 지르느라 아무 일도 못하는 상황이다.

수사를 지시할 장관, 차관 등도 거의 모두 병원에 입원해 있거나 집에 칩거하고 있다.

다시 말해 공권력이 거의 와해된 상황이다.

그럼에도 국가가 유지되는 건 지극히 정상적인 공무원이 많은 덕분이다.

이들은 현재 혼자서 셋, 또는 넷의 업무를 떠맡아서 일을 하고 있다. 반드시 해야 할 일들이 많은 탓이다.

어쨌거나 현재는 공권력이 유명무실한 상황이다.

그럼에도 외국처럼 소요사태나 약탈행위 등이 벌어지지 않는 것은 대다수 지극히 양심적인 국민들 덕분이다.

착하게살기국민연합, 사회정의실천연합, 착한국민협의회, 자율방범대와 같은 시민단체들이 있는 때문이기도 하다.

서로를 격려하는 한편 감시자 역할까지 맡고 있다.

어쨌거나 도로시는 현수의 말에 토를 달지 못했다. 방금 전의 지적에 논리적 반박을 할 수 없는 때문이다.

"그나저나 집권여당의 의석수는 얼마나 되며 아가리를 찢어놓을 놈들은 몇 명이야?"

"의석수는 147개이고, 이 중 131명이 대상자예요."

"그래? 나머지 16명은?"

"운 좋게도 드러내 놓고 막말이나 망언은 안 한 거죠."

다행히도 아가리는 안 찢기지만 그 나물에 그 밥이고, 50보

100보인 인사들이라는 뜻이다.

"그럼 16명 중 변형 캔서봇이나 데스봇이 투여된 자는?"

"캔서봇 3명, 데스봇 8명해서 11명이요."

여당 의원 147명 중 겨우 5명만 지극히 낮은 수준의 허들을 넘었다. 기준점을 조금만 높였다면 전원이 대상이었을 것이라는 뜻이다.

쓰레기통에 몸을 담고 있으면서도 운 좋게 고통을 겪지 않게 된 이들의 공통점은 모두 초선의원이라는 것이다.

2016년 4.13 총선 이후 겨우 5개월 남짓 지났을 뿐이다.

그런데 이 당의 초선의원 84%가 막말 또는 망언을 내뱉었거나 부정부패 및 알력행사 등 나쁜 짓을 저질렀다.

하긴 온갖 악취를 풍기는 쓰레기들로 가득한 당이다.

본시 깨끗했으나 거기에 들어가서 오염되었을 수도 있고, 애초에 더러웠던 연놈이었을 수도 있다.

어쨌거나 여당 의원 147명 중 142명은 제명에 못 죽거나, 죽을 것 같은 고통을 겪거나, 곧 아가리가 찢어진다.

"입 찢어놓을 때 과다 출혈로 사망하지 않게 지지는 거 잊지 말라고 해."

"네! 알겠어요."

화상을 입히면 성형수술을 아무리 잘해도 입이 찢어졌던 흔적이 남는다. 이 흉터는 '주홍 글씨'가 될 것이다.

이는 미국의 작가 나다니엘 호손(Nathaniel Hawthorne)이 1850년 발표한 소설의 제목이기도 하다.

소설의 내용을 보면 간통한 여자에게 그 벌로써 가슴에 간음을 뜻하는 'Adultery'의 이니셜 'A'를 주홍색으로 단다.

사회적 낙인(烙印)을 찍어버리는 것이다.

이는 지탄의 대상이 될 만큼 돌이킬 수 없는 실수를 저질렀다는 뜻이며, 평생토록 따라다니는 꼬리표이다.

누군가 아가리가 찢어진 흔적을 가졌다면 막말이나 망언을 내뱉어 국민들 마음에 상처를 입혔다는 뜻이다.

한국에선 성폭력, 미성년자 유괴, 살인, 강도 범죄를 저지른 자의 발목에 전자발찌를 채운다.

위치추적과 보호관찰을 통해 재범을 억제할 목적으로 2008년 9월부터 시행되고 있다.

이는 긴 바지를 입음으로써 가릴 수 있고, 기구로 절단할 수도 있다.

허나 영화 다크나이트의 조커처럼 귀밑까지 이어진 흉터는 웬만한 마스크로는 가리기 힘들 것이다.

따라서 입 찢어지면서 생긴 흉터는 현대판 주홍글씨(The Scarlet Letter) 역할을 하게 될 것이다.

평생 외출하지 못하고 집 안에서만 살아야 할 듯싶다.

"좋아! 다른 당은?"

"야당은 153명 중 26명이 대상이에요."

"야당도 그렇게 많아? 전체의석수 기준으로 보면 국회의원의 52%가 조금 넘는군. 과반이 썩은 놈이라는 뜻이네."

대한민국의 국회의원 중 절반을 약간 넘기는 숫자들의 아가리가 찢기게 된다는 뜻이다.

"네! 그렇죠."

"최대한 빨리 조치를 취하고 완료되면 보고해."

"알았어요."

"나중에 문제 될 수 있으니 광학스텔스 기능을 켜고 입을 찢고 전기로 지져."

"그럼요! 당연하신 말씀이세요."

말 떨어지기 무섭게 하늘의 위성들이 작동한다. 즉각 4,043명의 소재 파악에 들어간 것이다.

하늘과 민심 무서운 줄 모르고 입을 함부로 놀렸던 자들에 대한 처벌이 실시될 예정이다.

"참! 국내에 조현병(정신분열증) 환자 수는 얼마나 돼? 그리고 치료받는 인원은?"

조금 전에 보았던 신문기사 때문에 묻는 말이다.

경상도에서 조현병 환자가 휘두른 흉기에 무고한 여고생 둘이 목숨을 잃었다는 내용이었다.

"인구의 1% 정도인 50만 명 정도가 조현병 환자인 것으로 추정돼요. 근데 10만 명만 진료를 받고 있어요."

"그럼 나머지 40만 명은 치료도 안 받고 있다는 거지?"

"네! 건강보험 자료에 의하면 그래요."

"조현병 환자는 일반인에 비해 강력범죄 발생비율이 높지 않고, 치료도 가능하긴 하지."

"네! 맞는 말씀이세요!"

"소아기엔 증상이 거의 없다가 청소년기에 서서히 나타나기 시작해 초기 성인기에 발병하는 경우가 많지."

"9세 이하와 40세 이상에선 거의 발병되지 않죠."

"그런데 조현병 환자 중 일부 반사회적인 성향이 있는 자들이 극단적인 흉악범죄를 일으키는 것도 맞지?"

"네, 맞아요. 중증 조현병으로 분류되죠."

현수는 크게 고개를 끄덕였다.

"그럼, 도로시가 가진 기록과 이곳의 기록을 대조해서 훗날 살인 등 흉악범죄를 일으키는 조현병 환자들을 조사해."

"네? 조사해서 뭘 어쩌시려고요?"

"애꿎은 사람들이 정신이상자에 의해 살해되는 건 막아야 하지 않겠어?"

"그렇죠! 근데 어떻게요?"

"지금 시간을 기준으로 미래에 흉악범죄를 일으킬 조현병 환자들이 있을 거 아냐."

"네! 기록은 있지만 여긴 평행차원이라고요."

"그러니까 이곳 기록과 대조해 보라는 거야. 도로시가 가진 것과 이곳의 데이터를 비교해 보면 일치하는 게 있겠지?"

"네, 당연히 있겠지요."

"그럼 그 환자가 미래에 살인 등 흉악범죄를 일으킬 건데 그냥 놔둬? 누군가 죽게 되는데?"

"그건……! 좋아요. 그럼 어떻게 해요?"

맞는 말이다. 그냥 놔두면 분명히 살인사건이 빚어지게 된다. 현수는 이걸 막자는 뜻이다.

"막말과 망언을 뱉은 자들의 입을 찢으러 다닐 때 같이 처리하면 되잖아. 어차피 전국을 다 돌아야 하니까."

"네에? 그럼, 그들도 입을 찢어놔요?"

"아니! 그건 아냐. 막말이나 망언을 한 건 아니니까."

"그, 그럼 어떻게요?"

"백치가 되면 흉악범죄를 일으키지 못하지 않을까? 아니다. 식물인간이나 뇌사상태는 어때?"

"……?"

도로시는 아무런 대꾸도 하지 않았다.

아직 죄도 안 저질렀는데 처벌하자는 말이다. 그런데 죄를 짓지 않았는데 처벌하는 건 합당하지 않다.

이처럼 완전히 상반되는 두 명제 때문에 논리회로에 엉킴 내지는 꼬임이 발생된 것이다.

"그냥 뇌간[11]을 파괴해. 그럼 연수[12]의 기능이 멈춰서 뇌사상태가 되니까."

"뇌간은 뇌의 한가운데 위치해 있는데요?"

무엇으로 어떻게 파괴할 것인지를 묻는 것이다.

"중입자[13] 가속장치 같은 걸 쓰면 되잖아."

이걸 쓰면 뇌간을 이루고 있는 세포들만 파괴할 수 있다.

참고로, 2016년 현재, 일본과 독일에서는 중입자 가속기를 이용하여 암 치료를 실시하고 있다.

암세포만 정밀 타격하여 정상세포에는 피해를 주지 않기 때문에 획기적이라는 평가를 받는 치료법이다.

중입자 치료기는 간암 90%, 전립선암 100%, 폐암 80%, 재발된 암은 약 42%의 완치율을 보인다.

초기 암이라면 단 한 번의 시술로도 완치 가능하다.

대한민국엔 아직 도입되지 않아 암 환자들이 일본이나 독일로 가서 치료를 받는 실정이다.

참고로, 1억 원 이상의 비용이 든다.

어쨌거나 뇌간을 파괴하면 즉시 뇌사상태가 된다. 움직일 수 없으니 미래의 흉악범죄는 일어날 수 없다.

---

11) 뇌간(Brain stem): 뇌와 척수를 이어주는 줄기 역할을 하는 부위. 뇌의 중심축

12) 연수(Medulla oblongata): 호흡, 순환, 운동, 뇌신경 기능을 담당하는 뇌줄기의 하부구조

13) 중입자(Baryon, 重粒子): 2종류의 강입자(쿼크로 이루어지며 강력으로 결합된 입자) 중 어느 한 종류에 속하는 입자

"정말, 정말 그렇게 해요?"

믿어지지 않는 지시인지라 반복해서 묻는다.

"그래! 흉악범죄가 일어나면 희생자는 억울한 죽음 또는 부상을 당하게 되는 거고, 본인은 정신병원에 감금되잖아."

"그렇겠죠."

"늙어 죽을 때까지 정신병원에 감금되어 있는 것보다는 차라리 일찍 가는 게 낫지 않겠어?"

미친놈으로 살 바엔 차라리 목숨을 끊자는 뜻이다.

"그럼 그 가족들은요? 그들은 아무 죄가 없잖아요. 지금도 미래에도요. 안 그래요?"

"그렇긴 하지. 끄응~!"

현수가 나직한 침음을 내자 도로시가 딜을 걸어온다.

"차라리 식물인간은 어때요?"

식물인간은 의식불명인 채 장기간 혼수상태에 빠져 있는 환자를 뜻한다.

미국엔 이 상태로 40년간 생명을 유지한 케이스가 있다.

에드워다 오바라라는 여성이다.

1970년 1월에 당뇨병 치료제의 부작용 때문에 신장이 기능을 잃었고, 심장이 멎었었다.

응급수술 덕분에 심장은 다시 뛰기 시작했지만 뇌손상으로 인한 식물인간이 되었다.

당시 16세였다.

그 후 42년간 혼수상태로 있다가 2012년 11월에 폐렴 때문에 사망했다.

전문가들은 식물인간이 15년 이상 살 확률은 1만 5,000분의 1정도라 말한다.

대부분은 5년에서 10년 이내에 다른 병에 감염되어 세상을 떠난다. 아무튼 식물인간도 적절한 간호를 받는다면 10년 이상 생존 가능하다.

Chapter 09
—
병원비는 누가 내?

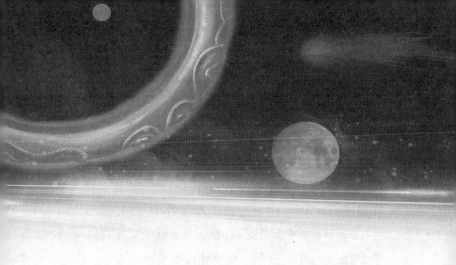

"그 병원비는 누가 감당하고? 가족들이? 아님 내가……?"

조사해 봐야 알겠지만 상당히 많은 수일 수도 있다.

그들의 병원비를 대신 부담해 주는 것은 어렵지 않다. 하지만 무슨 명목으로 그 돈을 계속해서 내주겠는가!

그리고 입원기간이 길면 길수록 가족들에게 정신적 고문을 가하는 것이나 다름없다.

어쩌면 단번에 터는 편이 둘 다를 위한 일일 수도 있다.

게다가 뇌사상태라면 장기기증을 기대해 볼 수도 있다. 각막, 신장, 간, 췌장, 심장, 췌도, 소장, 폐가 가능하다.

만능제작기가 있으니 얼마든지 부작용이나 거부반응 없는

장기들을 만들어낼 수는 있지만 지금은 드러낼 수 없다.

어쨌거나 중증 조현병 환자를 뇌사상태로 만들면 미래의 흉악범죄는 일어나지 않는다. 장기이식을 간절히 바라는 환자들에겐 새 생명을 주는 일이다.

사람의 생명이 걸려 있으니 일석이조라는 표현은 조금 거시기 하지만 어쨌듯 나쁘지 않은 결과를 야기시킨다.

"그냥 깔끔하게 뇌사로 해. 대신 치료받고 있지 않는 40만 명에게도 의료혜택을 주는 게 낫지 않겠어?"

"무슨 명목으로요?"

국민건강보험이 버젓이 있음에도 치료를 받지 않는 이유는 경제적 상황도 있을 수 있지만 남들에게 드러내기 싫어서, 또는 환자라는 걸 알지 못하는 때문일 수도 있다.

"조현병 치료제 있지?"

"있기야 있죠. 3가지가 있어요. 근데 그걸 만들자고요?"

"Y─메디슨 연구소에 임상자료와 힌트를 넘겨서 그쪽으로 유도하면 되잖아. 참! 제임스 나달 파견은 어떻게 할까?"

민윤서의 아내 윤영지는 근무력청색경화증으로 목숨을 잃었고, 동생인 탤런트 윤미지도 곧 발병될 예정이다.

민윤서는 사랑하는 아내를 잃었고, 부친으로부터 물려받은 회사가 망해 실의에 빠져 있었다. 형제도 없고, 자식도 없었으니 극단적인 선택을 심각하게 고려하고 있었다.

그런 민윤서가 Y─메디슨의 부사장 자리를 받아들인 것은 근무력증 치료제도 개발할 것이라는 말 때문이다.

그때 현수는 신약 개발을 위해 바하마연구소의 책임자 제임스 나달이 한국으로 올 것이라 말했었다.

문제는 실존 인물이 아니라는 것이다.

"그건 신구호에게 임무를 주시죠."

현수가 국내에 머무는 동안엔 신일호 형제들에게 각각의 활동 범위를 설정해 주었다.

1호는 현수의 근접경호를 맡는 한편 서울시 일원을 커버한다. 2호는 고양, 파주 등 경기 북부를 관장하고, 3호는 경기 남부를 맡는다.

4호는 강원도, 5호는 충청도, 6호는 전라도, 7호는 경상도, 8호는 제주도 및 전라남도 일부를 맡는다.

9호는 백업요원이다. 필요에 따라 배치될 인원인 것이다.

그러니 당분간은 Y—메디슨에서 연구소장직을 맡아 여러 연구원들을 이끄는 역할을 맡기자는 것이다.

제임스 나달은 55세 아일랜드인이다.

그의 이력은 하버드 의대를 졸업 후 대학원에서 약리학(Pharmacology)을 전공한 것으로 설정되어 있다.

후에 동 대학에서 박사학위를 받았고, 영국으로 건너가 옥스퍼드 의과대학의 교수직을 역임했다.

이후 호주로 넘어가 퀸즐랜드 대학교 약대에서 교수로 재직했고, 그 이후엔 바하마연구소 소장으로 근무했다.

아일랜드에서 고교 졸업 후 의과대학으로 진학하기 위해 미국으로 건너갔고, 박사학위를 취득하자 영국과 호주에서 교수생활을 했으며, 연구에 전념하기 위해 바하마로 건너갔음을 증명할 서류는 완벽하게 갖춰져 있다.

아일랜드에서 미국으로의 항공편 티켓과 승객 명단이 조작되었고, 미국에서 영국, 영국에서 호주, 호주에서 바하마, 그리고 바하마에서 한국으로의 출입국 기록도 전부 완벽하게 수정되었다.

이밖에 입학성적, 재학 중 성적, 졸업명부, 학위취득 기록 등도 당연히 다 고쳐져 있다.

하버드는 누구나 아는 대학이고, 옥스퍼드 의대는 영국 최고의 의과대학이다.

그리고 오스트레일리아의 퀸즐랜드 약학대학은 호주를 넘어 세계적으로도 Top Class 반열에 있는 대학교이다.

따라서 Y-메디슨 약학연구소 직원들은 제임스 나달의 권위에 감히 도전할 생각을 못 할 것이다.

대신 제임스를 중심으로 똘똘 뭉쳐 신약 개발에 박차를 가하게 될 것이다.

그리하여 대머리 치료제 안티발드와 류머티즘 치료제 안티류머, 그리고 조현병 치료제 3가지가 가장 먼저 발매된다.

이미 개발된 의약품이니 가는 길목에 서서 방향 지시만 제대로 하면 금방 이루어질 일이다.

"좋아! 신구호에게 신약 자료 다 넘겨."

"넵!"

하나도 어렵지 않은 일이다. 인공위성에서 무선으로 다운로드시키면 되는 때문이다.

"주의사항은 다 알려주고."

한국의 풍습과 인간관계 등에 관한 각종 학습을 시키라는 뜻이다. 회식과 직장 내 서열문화 등이 그중 하나이다.

"당연하죠."

"김지우 박사를 부소장으로 임명하고, 나달의 후계자로 키우는 것도 확실히 하라고 해."

신구호는 할 일이 많다. 마냥 연구소에 박아놓을 수 없으니 김지우를 잘 키우라는 말이다.

"그럼요! 걱정일랑 붙들어 매세요."

도로시와 이런 저런 대화를 나누는 사이에 인천공항에 도착한다는 안내방송이 있었다.

안전벨트를 매고 얼마 지나지 않아 무사히 착륙되었다.

입국 수속을 밟고 통로를 따라 들어가니 눈에 익은 인영이 보인다.

"전무님~! 여기요."

한껏 치장한 김지윤 부장이다.

"아~!"

며칠 못 본 새에 더 예뻐진 것 같다.

화장을 해서 그런 건지, 못 보던 옷을 입어서 그런지 알 수는 없지만 모두의 시선을 끌고 있다.

신일호와 신이호는 현재 광학스텔스 상태라 지윤의 눈에는 뜨이지 않을 것이다.

"어서 오세요. 비행시간이 길어 지루하셨죠?"

"웅? 어! 그, 그래."

너무 살갑게 대해서 잠시 버벅거렸다.

"차 대기시켜 놨어요. 가세요."

당연하다는 듯 현수의 캐리어 손잡이를 끌어당긴다.

"괜찮아. 내가 해도 돼!"

"어머! 아니에요. 이런 건 비서인 제가 하는 게 당연하죠."

지윤은 기어이 캐리어를 건네받고는 앞장선다.

"콩고민주공화국은 덥죠?"

"웅? 그, 그럼. 덥지."

"저도 한번 가보고 싶어요. 다음에 가실 일 있으시면 절꼭 데려가 주세요. 네?"

"그래!"

"호호! 약속하신 거예요. 호호호!"

지윤은 경쾌한 걸음으로 현수를 인도했다.

공항주차장에 당도한 지윤은 스마트키를 눌렀다. 그러자 반응을 보이는 차가 있다.

검은색 벤츠 S600이다. 벤츠 메르세데스 마이바흐 S클래스 풀 옵션인 차이다.

능숙하게 트렁크를 열더니 캐리어를 넣는다. 들은 게 많아서 제법 무게가 나갈 텐데 힘들어하는 기색은 없었다.

텅—!

현수가 승차하자 문까지 닫아주고는 운전석으로 옮겨간다.

"어디로 모실까요?"

"일단 회사로 가지."

"네! 본사로 직행할게요."

말을 마치곤 시동을 걸었고, 검은색 마이바흐는 부드럽게 질주하기 시작했다.

9월 5일에 출국했으니 정확히 20일만의 귀국이다. 따라서 별로 변한 것도 없어 멍하니 창밖에 시선을 주고 있었다.

이런 시간조차 아까운지 도로시는 첨단 의료기술들을 뇌리에 새겨주고 있었다.

"전무님! 냉장고에 음료수 있어요. 목마르시면……."

"아니, 괜찮아."

"가시는 동안 업무보고 드려도 될까요?"

"그래! 그럼."

"우선 추가로 구매하라고 지시하셨던 구수동 부지 매입은 모두 완료되었어요."

"그래? 얼마나 샀어?"

"7만 7,421㎡예요. 약 2만 3,420평이죠."

"신수동 쪽은 어때?"

"Y-빌딩 신축 예정지 길 건너편 3만 5,540㎡ 중 84%는 매입 완료되었어요."

장애학교와 교사 및 직원의 아파트를 지을 땅이다.

"Y-엔터 빌딩 쪽은?"

"거기도 부지 매입 다 끝났어요. 현재는 주민들이 이주하는 중이에요. 다음 달 말 안에 모두 비워질 거예요."

표정이나 어투로 미루어 짐작컨대 아주 순조롭게 진행되는 모양이다. 하긴 충분한 값을 치르고, 대체거주지까지 제안하니 어려우면 이상할 것이다.

"중간에 훼방 놓거나 딴지거는 사람은 없었어?"

"있었어요! 근데 다른 주민들이 다 제압했어요."

"응…? 그게 무슨 소리야?"

"그게 말이죠. 부동산 매입을 시작하자 어떤 사람이…."

잠시 지윤의 말이 이어졌다.

천지건설 직원들을 동원하여 부동산 매입을 시작하자 금방 소문이 번졌다. 이를 듣고 소위 알박기라는 걸 하려던 사람들이 있었다는 것이다.

한국은 슈퍼노트의 출현, 에이프릴 증후군, 라돈 사태, 대출 이율의 급격한 상승, 기업들의 대대적인 부동산 매각의 여파로 전국의 부동산 가격이 급전직하하였다.

이 와중에 은행연합회 대변인이 기자회견을 자처했다.

그 자리에서 더 이상은 부동산 담보대출을 하지 않겠다고 분명히 못 박았다.

뿐만 아니라 여신거래 약관에 따라 대출금 상환이 2개월 이상 연체되면 즉각 담보물을 경매 처분한다고 선언했다.

부동산 가격이 하루가 다르게 떨어지는 상황인지라 왜 이런 조치를 취하는지 충분히 이해는 되었지만 속으로는 욕을 퍼부었다.

에이프릴 중후군의 여파로 수출입이 딱 끊기는 등의 사건으로 내수경기가 바닥을 치고 있어 다들 죽겠다고 아우성인데 은행만 살아남겠다고 발악하는 것으로 비쳐진 것이다.

사실은 도로시의 지시에 따른 것이었다. 어쨌거나 기자회견이 끝나갈 무렵 누군가가 물었다.

"저어! 기 대출된 것들의 기한 연장은 어떻게 됩니까?"

"말씀 잘하였습니다. 앞으로 기한 연장은 없습니다. 소유권자가 바뀌면 대출금액 전액을 즉시 상환해야 합니다."

"네에?"

기자들 모두 입을 딱 벌렸다.

이제부터는 부동산을 구입하려면 전액 현금으로 지급해야 한다는 뜻이기 때문이다.

기자회견 이후 매물의 홍수가 빚어졌다. 깡통 전세를 우려한 세입자들이 보증금 반환을 요구한 때문이다.

이에 관련된 인터넷 설왕설래가 많았다.

보증금 반환을 요구한 뒤 일정기간 내에 돌려주지 않으면 경매에 넘기라는 충고가 빗발쳤다. 멍청하게 가만히 있다간 보증금을 고스란히 떼인다는 내용이다.

새로 지은 아파트 단지에 입주하기 시작하면 인근 전세가가 요동을 친다. 1,000~2,000가구짜리 단지라도 그러하다.

그런데 보증금 반환을 요구한 세입자의 수효가 서울에만 30만이 넘는다. 여유자금이 없는 집 주인들은 울며 겨자 먹는 심정으로 급매물 딱지를 붙이고 매물로 내놓았다.

사려는 사람이 많고, 팔려는 사람이 적으면 가격이 올라간다. 반면, 팔려는 사람이 많고, 사려는 사람이 적으면 가격이 떨어진다. 이를 '수요와 공급의 원칙'이라고 한다.

그리고 부동산 시장은 이 원칙이 가장 철저하게 적용되는 시장이다.

단군 이래 최고의 매물 홍수사태가 빚어지자 부동산 가격은 당연히 더 떨어졌다.

특히 라돈 사태가 빚어진 강남 3구와 분당의 아파트들은 최고점에 비해 8분의 1 수준으로 전락했다.

강남에 위치한 모 아파트의 2016년 1월 매매가격은 38억 원이었다. 현재는 4억 7,500만 원에 매물로 나와 있다.

정확히 8분의 1 가격이다. 그런데 아무도 거들떠보지 않는다. 놔두면 더 떨어질 것 같아서이다.

라돈으로 인한 폐암이 염려되어서이기도 하다.

아무튼 전국의 부동산 가격이 급격히 하락했다.

특히 서울 경기 지역의 부동산은 이전 가격의 7분의 1 정도가 되었다.

입주 후 7년이 지난 14억 원짜리 아파트에 붙은 프리미엄은 11억 2,000만 원이다.

지금은 매도 호가가 2억 1천만 원으로 떨어져 마이너스 프리미엄이 되었다. 분양가 이하가 된 것이다.

그런데 일률적으로 다 똑같이 떨어진 것은 아니다.

낡은 아파트와 빌라, 그리고 오래된 단독주택은 더 많이 떨어졌다. 새로 지어진 아파트만 상대적으로 덜 떨어졌다.

도로시의 지시에 따라 매입에 들어간 곳의 부동산은 대부분 오래된 빌라, 낡은 주택들로 이루어졌다.

*   *   *

대부분 이전 가격의 7분의 1 정도가 되었다 그럼에도 대체 거주지를 제안하거나 5~6분의 1 가격에 매입했다.

시세보다 훨씬 많이 쳐준 것이다.

그런데 그 와중에 알박기를 하자 즉각 모든 움직임을 멈췄다. 그러자 얼른 처분하지 못해 안달이 난 동네 주민들이 들고 일어났다.

평생 이웃사촌으로 살아왔지만 얼굴 붉히며 멱살을 잡거나 삿대질을 하는 험악한 관계가 되어버린 것이다.

그런데 그 기세가 아주 무서웠다. 물론 돈 때문이다.

이런 상황에 천지건설은 거래가 끝난 주택과 빌라 등을 모조리 철거해버렸다.

졸지에 섬에서 살게 된 것이다. 편의점도 빵집도, 목욕탕도 없는 벌판에 홀로 남은 것이다.

게다가 일정기간이 지나면 도보를 이용한 왕래 이외엔 할 수 없도록 도로를 차단할 것임을 고지했다.

도로 자체가 사유지가 되었음을 증명하는 등기부 등본 사본이 제시되었으니 항의는 받아들여지지 않았다.

결국 알박기로 몇 푼 벌려던 이들 모두 항복했다.

건물철거 등으로 비산먼지가 발생한다는 민원을 넣어봤으나 아무런 효과가 없었다.

법 규정에 따른 철거작업을 하고 있었던 결과이다. 하여 생각보다 쉽게 부지를 확보할 수 있게 된 것이다.

"그래? 그럼, 건축심의는?"

"현재 한창호 건축사사무소에서 교육청과 협의하는 중이에요. 통과되면 서울시에 도면 제출 예정이고요. 참, 부시장님으로부터 연락이 왔었어요."

"부시장? 무슨 연락? 또 뭐라고 하는 거야?"

현수의 음성엔 살짝 짜증이 섞여 있었다. 여러 번 딴지만 거는 행정이 마음에 들지 않아서이다.

"그건 아니고요. 여러 학교까지 설립한다고 하니까 Y—빌딩의 용적률을 1,500%로 상향해준다는 내용이었어요."

"오~! 그래? 그건 괜찮은 소식이군."

현수의 입가에 은근한 미소가 감돈다. 정말 듣던 중 반가운 소리이니 당연하다.

Y—빌딩을 지으려고 확보한 부지면적은 45,000평이다.

따라서 용적률이 기존에 합의된 1,300%에서 1,500%로 200% 늘어나면 건물면적을 90,000평이나 늘릴 수 있다.

바닥 면적이 2,000평인 3개동만 키운다면 현재의 60층짜리를 75층까지 높일 수 있다. 1,500평짜리라면 3개동 모두 80층까지 올릴 수 있게 되는 것이다.

이도 저도 아니라면 바닥면적 1,500평인 60층짜리 1개동을 더 건립할 수 있다.

서울시에서 이런 어마어마한 혜택을 주는 이유는 실물경기의 급격한 폭락 때문이다.

대한민국 상장사 주식 거의 전부는 이미 외국인들에게 넘어갔다. 현대차, 기아차, 쌍용차, LG정유, S오일, SK에너지, 삼성전자, LG전자, SK하이닉스, POSCO 등 거의 모든 상장기업의 주식 95% 이상이 외국인 소유가 되었다.

뿐만이 아니다. 하나, 신한, 국민, 우리 등 1금융권 은행들도 마찬가지이다.

국내 기업 거의 전부가 헐값에 외국인에게 넘어간 것이다.

이것도 큰 문제지만 더 큰 문제는 주식거래가 없다는 것이다. 외국인들은 매수만 하고 매도를 하지 않는다.

하여 주식시장은 완전히 개점휴업 상태이다.

예를 들어, 2016년 1월의 하루 거래량 평균이 10,000이었다면 현재는 1도 되지 못한다.

주식 전문가들이 전부 굶어 죽게 생겼다. 뿐만 아니라 에이프릴 증후군 때문에 수출과 수입이 완전히 끊겼다.

당연히 외화수급이 원활치 못하다. 이런 가운데 원유대금 지불 및 외채상환이 줄줄이 이어지고 있다.

'Income'은 거의 없는데 'Outcome'만 왕창 많은 상황이다.

이에 IMF에 구원을 요청했다. 그런데 이례적으로 거부 의사를 통보받았다.

외부에서 보는 한국은 국가 체제가 무너지기 일보 직전인 상태이다. 정부는 무능하고, 사회는 혼란스럽다.

에이프릴 증후군이 창궐하였고, 라돈 사태로 유사 이래 최대 규모의 부동산 대폭락이 진행되고 있다.

여기에 금융자산 증발 사태까지 빚어졌다.

관료, 정치인, 기업인, 언론인 등이 가지고 있던 각종 은행예금들이 감쪽같이 사라진 것이다. 국내 재산뿐만 아니라 외국에 은닉해둔 것까지 모조리 없어졌다.

미치고 환장할 노릇이겠지만 속수무책이다.

첩보기관과 수사기관을 닦달하여 어찌 된 영문인지를 밝히라고 하였지만 아무것도 알아내지 못하였다.

여권 중진의 계좌에 있던 돈이 북한 장성의 해외계좌로 송금되었는데 이를 어찌 물어서 확인하겠는가!

조폭들의 자금을 추적하다 보면 IS 지도자의 계좌로 흘러들어간 것까지는 알아낼 수 있었다.

근데 그 다음은 어떻게 하는가?

총알이 빗발치는 전장으로 가서 내 돈이 잘못 갔으니 돌려달라고 할 수 있을까? 아마도 참수당하는 비디오의 주인공이 되어 세상에 공개될 수도 있을 것이다.

국정원 고위 간부의 은닉재산은 이리저리 쪼개졌다가 러시아 연방보안국 FSB의 해외공작 계좌로 흘러들어갔다.

이를 어찌 확인할 수 있겠는가!

전직 대통령들의 해외은닉재산의 흐름은 블라디미르 푸틴과 김정은의 해외계좌에서 딱 멈춘다.

모 재벌의 회장이 감춰둔 돈은 멕시코 마약상의 계좌로 이체되었음을 확인하였다.

여기까지가 끝이다!

아무리 월급을 많이 줘도 멕시코 마약상에게 가서 '자네 통장으로 들어간 돈은 사실 우리 회장님이 해외에 몰래 감춰둔 것이니 돌려주게'라는 말은 하지 못할 것이다.

설사 깡 좋게 그런 말을 했다 하더라도 목숨을 부지하긴 힘들 것이다.

마약상들의 돈도 모조리 사라진 때문이다.

여기까지 어찌어찌 확인한다 해도 나머지를 다 확인하려면 1,000년 이상이 걸릴 것이다. 그 후로도 10만 번쯤 더 계좌이체가 이루어졌기 때문이다.

아무튼 한국은 현재 외화가 말라 버린 상황이다.

외부에선 채무불이행을 뜻하는 디폴트(Default)나 모라토리엄(Moratorium)을 선언할까 봐 전전긍긍하고 있다.

참고로, 디폴트는 '못 갚겠으니까 배 째!'이고, 모라토리엄은 '미안하지만 조금만 더 기다려 줘!'이다.

시중에 돈이 말라 버린 이때 대규모 투자를 결정한 유일한 외국자본이 있다. 바로 Y—인베스먼트이다.

신수동과 구수동 일대의 부동산을 매입하여 대형빌딩을 건축하고, 각종 학교를 짓겠다고 한다.

부지는 거의 확보된 상태이다.

Y—빌딩엔 1만 가구 이상의 주거지가 조성되는데 단 하나도 분양하지 않는다. Y—그룹 사원들에게 무상으로 제공되는 사택(社宅)으로 사용될 예정이다.

오래된 구거(舊居)들이 많은 지역을 스스로 개발하겠다고 하는 것만으로도 고맙다. 게다가 Y—인베스트먼트는 은행 융자 없이 전액 자기 자본으로 건축하겠다고 했다.

달러 구하기가 하늘에 별 따기처럼 어려운 상황이다. 울고 싶은데 때맞춰 따귀를 갈겨주니 얼마나 고마운가!

하여 서울시는 의회 의결을 통해 한시적으로 외국인투자지역에 대한 건폐율 및 용적률 제한을 크게 완화시켰다.

Y-인베스트먼트만을 위한 특별 조례가 만들어진 것이다.

서울시 행정부시장은 한창호 건축사사무소를 통해 도로시에게 이 내용을 알려준 것이다.

이러한 특혜의 배경엔 천지건설도 한몫하고 있다.

얼마 전, 천지건설발 낭보(朗報)가 있었다. 아제르바이잔에서 두 건의 대형 공사를 체결하였다는 내용이다.

샤프란 신행정도시 건설공사와 피르샷 유화단지 조성공사이다. 각각 610억 달러와 182억 달러짜리 공사이다.

계약과 동시에 총공사비 792억 달러의 20%인 158억 4,000만 달러가 천지건설 계좌로 입금되었다.

이 돈을 송금한 곳은 바하마에 소재한 Y-인베스트먼트이다. 바로 Y-빌딩 건축허가를 신청한 회사이다.

1997년 11월 21일에 대한민국은 IMF에 구제금융 신청을 하였다. 1차 차입금은 55억 6,000만 달러였고, 총 10차례에 걸쳐 195억 달러를 차입했다.

천지건설 계좌로 입금된 158억 4,000만 달러는 바싹 마른 논으로 흘러든 감로수나 마찬가지였다.

이 와중에 Y-그룹의 대규모 투자에 대한 정보가 국토부와 재경부, 그리고 서울시로 흘러들어 갔다.

Y—인베스트먼트가 100% 출자한 Y—그룹의 자본금에 관한 내용이다. 그것은 다음과 같다.

Y—빌딩 80억 달러, Y—파이낸스 70억 달러, Y—어패럴 10억 달러, Y—엔터 5억 달러이다.

이들 기업은 상호출자 등으로 연결되어 있지 않다.

완전히 독립된 법인으로 설립된다. 아울러 단 한 푼의 은행 융자도 없다. 다시 말해 채무가 하나도 없다.

아무튼 자본금을 다 합치면 165억 달러이다. 천지건설에서 수령한 계약금을 상회한다.

가뜩이나 달러가 부족한 시절이니 가급적 빠른 투자가 이루어지도록 해야 한다. 하여 외화수급에 숨통을 트기 위해 정부와 서울시는 Y—그룹에 대한 혜택을 의논했다.

그게 용적률 1,500%라는 전갈로 이어진 것이다.

이는 정부 고위관료들에 의해 이루어진 일이 아니다.

장관과 차관 등 수뇌부들 대부분과 상당수 정치인들은 비명을 지르고 신음을 내뱉기에도 바쁘다.

의회 의원 중 일부도 마찬가지이다. 이들 대부분은 현재의 여당 성향인 자들이다.

아무튼 의사결정권을 가진 이들 중 상당수가 에이프릴 중후군에 걸려 근무하지 못하는 상황이다.

외화는 필요하고, 결재권자들이 출근하지 않자 실무진들이 모여 머리를 맞댔다.

이에 서울시 의회도 협조해서 이런 결과를 만들어낸 것이다. 물론 형식적인 결재는 받아냈다.

'도로시는 알고 있었어?'

'에고, 그럼요! 제가 누군데요. 최적의 설계를 뽑아보느라 보고 안 드린 거예요.'

'지금은……? 다 된 거야?'

'넵! 바닥면적 2,000평짜리를 A, B, C동이라 하면 A동은 80층, B동은 75층, 그리고 C동은 70층으로 올리는 게 가장 경제적이고 스카이라인도 살아요.'

'그래? 그럼 그렇게 추진해. 도면은?'

'그야 진즉에 끝내놨죠.'

'빠르기도 해라.'

'그럼요! 제가 누군데요.'

잠깐 대화가 끊긴 사이에 김지윤의 보고가 이어진다.

"현재 Y—어패럴 부지와 기숙사 부지매입은 95% 정도 완료되었어요."

"그래? 오래 걸릴 줄 알았는데 금방 끝났네."

"부동산 가격이 폭락하여 매물이 엄청 많았거든요."

"그래서 골라잡은 거야?"

"어머! 어떻게 아셨어요?"

Y—어패럴 부지는 김지윤이, Y—어패럴의 기숙사 부지는 조인경이 맡아서 매입을 지휘했다.

현수의 말처럼 매물이 너무 많아서 적당한 것을 골라잡고 매수 의사를 밝히면 얼씨구나 하면서 도장을 꺼내 들었다.

시세보다 약간 높은 값을 제시하니 당연한 일이다.

그 결과가 부지매입 95% 완료이다.

'도로시, 각각의 도면 뽑고 있지?'

부지의 위치, 방향, 면적, 그리고 도로와의 관계 등을 고려하면 일일이 다 설계해야 한다.

다시 말해 하나의 도면을 두 번 이상 써먹을 수 없다. 하지만 도로시가 어떤 존재인가!

부지 매입이 끝나는 순간 각각의 도면이 작성되었고, 그것들은 곧장 한창호에게 전송되었다.

한창호 건축사사무소에선 도면을 확인하는 즉시 건축허가 신청서를 접수시켰다.

서울시 25개 구청에 각각 4건의 건축심의가 접수되었을 때 서울시로부터 각 구청으로 공문이 발송되었다.

다음이 그 내용이다.

Y—인베스트먼트와 Y—어패럴 명의로 건축허가 신청이 들어온 부지를 외국인 투자촉진법 제18조에 의거하여 '외국인

투자지역'으로 지정·고시합니다.

　구청장은 건축허가와 관련된 내용 모두를 서울시로 즉시
이관하여 주시기 바랍니다.

Chapter 10

—

당신을 체포합니다

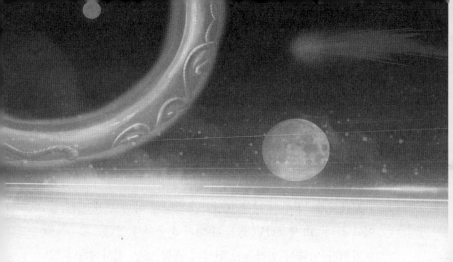

　건축허가 신청서를 접수한 구청 공무원 중 일부는 건물을 지을 때 삥이나 뜯어야겠다는 생각을 하고 있었다.

　그게 관행이었으니 무리한 생각은 아니었다.

　그런데 즉각 서울시로 이관하라고 하자 심통이 났다. 하여 짐짓 뭉개고 앉았다.

　이를 어찌 도로시가 모르겠는가! 즉시 담당자의 비리 사실을 캐서 경찰에 넘겼다.

　"김주필 씨! 당신을 공금횡령과 공금유용, 그리고 뇌물수수와 김영란법 위반 등으로 체포합니다. 당신은 변호사를 선임할 수 있으며, 묵비권을 행사할 수 있고…"

"안진상 씨! 공금유용과 뇌물수수, 그리고 독직 혐의로 당신을 체포합니다. 당신은 변호사를 선임…."

"권인출 씨! 당신을 체포합니다. 당신은 뇌물…."

"천규호 씨! 당신은 공금횡령과 뇌물수수, 그리고…."

"강철호 씨! 당신을 체포합니다. 당신은…."

모름지기 '공무원 생활 10년이면 강남에 아파트 한 채는 있어야 한다'고 생각하던 놈들이 대거 은팔찌를 찼다.

잡혀가는 즉시 인맥을 동원하여 경찰 또는 검사에게 은밀한 거래를 제의했는데 뇌물죄만 추가되었다.

자신을 수사하는 경찰 또는 검사들은 부정부패와 거리가 멀다는 것을 알지 못했던 결과이다.

방향을 바꿔 얼른 변호사를 구해본다. 그런데 쉽지 않다.

멀쩡하게 변호사 사무실을 운영하는 이들은 비교적 양심적이라 할 수 있는 이들 뿐이다.

돈 받고 증거 조작을 해주거나, 전관예우로 풀려나게 해줄 변호사들은 모두 에이프릴 증후군을 앓고 있다.

이들로부터 청탁이나 향응, 또는 뇌물을 받아 판결을 좌지우지하던 판사들도 마찬가지이다.

대한민국은 현재 자살하는 이들이 속출하고 있다.

전에는 너무도 삶이 힘들어서 자살하는 이들이 대부분이었는데 요즘은 그렇지 않다.

떵떵거리며 갑질을 일삼던 관료, 공무원, 법조인, 정치인, 언론인, 군인, 학계인사, 기업인 등이 자살한다.

이중엔 기레기가 가장 많다.

인터넷에 올려놓은 글엔 다음과 같은 내용들이 있다.

—니들, 그거 알아? 요즘 자살하는 놈들 평균 자산이 20억 이상이래.

—헐! 진짜……?

—응! 지난주에 뒈진 S일보 사주 아들은 100평도 넘는 아파트에서 살았어. 왕처럼 살았었을 텐데 왜 자살했을까?

—전전주에 밥숟가락 놓은 판새 놈도 100평짜리 최고급 아파트에서 살았대.

—그놈 자서전 보니까 사시 합격 전엔 지방에서 찢어지게 가난하게 살았다는데 판새 18년 하면 공무원 월급으로도 100평짜리 초호화 아파트가 가능한 거야?

—C일보 주필은 또 어떻고? 신문사에서 월급 졸라게 많이 줬나 봐. 80평짜리 아파트와 양평에 별장이 있었대.

—아무튼 요즘 자살하는 놈들 대부분은 사회적 지위도 높고, 돈도 많은 새끼들이야.

—한국은 돈 많으면 살기 좋은데 왜 자살을 할까? 세상이 지겨워서? 아님, 더 이상 출세할 수 없어서?

—아니! 사는 게 힘들었을 거야.

—하긴, 에이프릴 증후군에 걸렸으니 힘들긴 하겠지. 그거

걸리면 졸라게 아프다던데.

—맞아! 한번 통증이 오면 땀을 한 바가지나 흘린대. 비명 지르느라 목청은 찢어지고… 그리고 나면 힘이 쭉 빠져서 아무것도 못한대.

—그걸 하루에 12번이나 겪는 놈들이 부쩍 늘었다면서?

—하하하~! 진짜 신나는 세상이야.

—아무튼 전에는 자살하는 사람들이 불쌍했는데 요즘엔 기분이 째져. 나쁜 짓 한 놈들만 걸리는 병에 걸려서 뒈지는 거라나는 날마다 기쁜 거야!

—드디어 해원(解寃)의 시대가 도래했어.

—만쉐이~!^^ 니들 생각은 어때?

이 글에는 수없이 많은 댓글들이 달렸다. 그런데 악플이 거의 없다. 모두가 동의해서 그런 게 아니다.

댓글 알바를 하거나 악플을 일삼던 놈들도 에이프릴 증후군에 걸린다는 소문이 나돈 때문이다.

하여 이즈음의 인터넷 게시판은 전혀 시끄럽지 않다.

악플만 신고하는 사이트가 생긴 결과이다.

인터넷의 어느 게시판이든 누군가 악플을 올려놓으면 이를 캡처하여 여기에 올린다. 그러면 에이프릴 증후군에 걸린다는 소문이 돌았던 것이다.

어쨌거나 Y—그룹 입장에선 신속하게 사업을 전개할 수 있는 상황이 갖춰졌다. 아주 좋은 일이다.

"참, 군산 쪽은 어때?"

"거기도 아주 협조적이에요. 올해 안에 모두 매입할 수 있을 거 같아요."

김지윤의 음성은 아주 밝았다. 방금 말한 대로 군산시 및 각 기업과의 협조가 아주 잘 이루어지는 때문이다.

지윤은 모르지만 현대중공업과 두산 인프라코어 등의 사주(社主)는 현수이다.

각 회사의 주식 거의 전부를 가졌다. 나머지 주식까지 전부 매입하게 되면 상장폐지를 신청할 계획이다.

그게 어려우면 주식을 틀어쥔 채 내놓지 않으면 된다.

분기별 월평균 거래량이 유동주식 수의 1% 미만인 상태가 2분기 연속 지속되면 상장폐지가 가능한 때문이다.

어쨌거나 주식의 95% 이상을 가진 외국인 주주로부터 위임장을 받은 도로시는 각 회사에 공문을 보냈다.

Y-인베스트먼트가 매각 의사를 물으면 괜히 튕기거나 빼지 말고 적극적으로 대처하여 순조롭게 넘기라는 지시였다.

아울러 매각 예상가를 제시해 주었다. 현재 가격보다 살짝 높다. 회사 입장에선 손해가 아니다.

그래 봤자 전국적으로 부동산 가격이 폭락하여 예전 가격의 5분의 1 정도일 뿐이다.

그리고 오른쪽 주머니의 돈을 꺼내 왼쪽 주머니나 뒷주머니에 넣는 것이나 다름없는 일이다.

모두가 현수의 것이기 때문이다.

아무튼 김지윤은 각 기업의 담당자를 만나 매입 의사를 전했다. 그러면 밀고 당기기를 한참동안 할 것으로 예상했다.

그런데 팔라고 하면 즉시 '그러죠!' 라는 대답을 했다.

게다가 도로시로부터 전달받은 매입 가격을 이야기하면 그 또한 '그러죠!' 라고 대꾸했다.

사주의 지시가 아니더라도 각 기업의 입장에선 많은 외화가 필요한 시기이다. 그런데 적절한 가격에, 달러화로, 그것도 일시불로 결재해준다니 서로가 Win—Win인 거래이다.

그 결과 쉽게 부지를 확보할 수 있었던 것이다.

'도로시! 현대중공업 군산조선소는 위성에서 탐지하지 못하도록 하는 거 잊지 마.'

그곳에서 이지스항모구축함 '충무함' 이 건조된다는 사실을 외국에 알리고 싶지 않은 것이다.

'…넵!'

'왜 대답이 늦어?'

'어떤 방법을 쓸까 생각하느라고요.'

'한반도 상공의 위성을 몽땅 제거하는 방법은 쓰지 마. 지나가지 못하게 하는 것도 그렇고.'

'네에.'

'그거 잘못하면 자칫 긁어 부스럼 되니까.'

대위성병기로 파괴하지 말고, 진로도 방해하지 말라는 뜻이다. 그럴 경우 미국, 일본, 지나 등의 관심이 집중된다.

일정 수준이 되기 전까지는 결코 바람직하지 않다.

'그야 당연하죠. 현 시점엔 미국을 비롯한 나라들이 한반도를 주시하고 있다는 거 잘 알아요.'

'그래! 위성을 속일 수 있는 건 많잖아. 안 그래?'

위성의 통제권을 장악해서 송출하고 싶은 신호만 전송하는 방법이 있다.

또한 지상에서 전파를 교란하여 보여주고 싶은 모습만 보이게 하는 기술도 있다는 걸 알기에 하는 말이다.

'네! 적절한 방법을 찾아볼게요. 그나저나 한국 GM의 창원 공장 인수가 끝났어요.'

'그래? 잘했네.'

이 공장을 매입하라는 지시는 내린 바 없지만 사소한 일로 도로시에게 힐문[14] 할 일은 없다.

그럼에도 왜 매입했는지에 대한 이야기를 한다.

'거긴 가동률이 점점 낮아져서 적자가 지속되고 있었어요.'

이게 뭔 소린가 싶다.

'그래? 그럼, 거긴 어떤지 설명해 봐.'

'네! 한국 GM 창원 공장은요……'

---

14) 힐문(詰問): 트집 잡아 따져 물음

잠시 도로시의 보고가 이어졌다.

창원 공장의 면적은 72만 7,275㎡이다. 22만 평 규모이다. 이곳에선 다마스와 라보, 스파크를 주로 생산하고 있다.

2016년엔 21만 대를 생산하지만, 2017년과 2018년엔 각각 15만 대로 규모가 줄어들게 된다.

이후엔 더 줄어든다.

한국 GM에선 창원 공장의 폐쇄를 전혀 생각하고 있지 않다고 발표했다.

하긴 한국으로 진출하면서 산업은행과 맺은 협약이 있으니 그런 결정을 내렸어도 말할 수는 없다.

하지만 가동률 저하로 경영난이 지속되면 폐쇄될 것이 뻔하다. 수익이 우선인 기업이니 당연한 일이다.

이에 마산, 진해, 창원지역은 심한 고용불안과 경기불안으로 집값 하락폭이 전국 최고에 이르고 있다.

'그래, 그랬구나.'

창원 및 인근 지역의 자세한 상황을 모두 보고받고는 고개를 끄덕였다. 근로자들의 밥줄 끊기는 소리가 들리는 듯하여 다소 굳은 표정이다.

'거기선 뭘 생산하는 게 나을까?'

'우선은 전기차를 만들도록 할게요.'

'전기차……? 좋은 생각이야.'

화석연료를 쓰는 자동차 때문에 대기는 오염되고, 지구온난

화가 가속되고 있으니 당연히 무공해 차를 써야 한다.

적합한 것은 고효율 배터리가 장착된 전기자동차이다.

우선은 1회 충전으로 500㎞ 정도를 주행하면 될 것이다.

이것에 장착되는 것은 휘발유를 사용하는 소형승용차의 배터리와 크기가 비슷하다.

가정용 충전장치(저압 220v)를 쓰면 0% → 100%까지 30분이 소요되고, 충전소의 급속충전기를 쓸 경우엔 완충까지 겨우 4분 정도 걸리는 것이다.

배터리의 용량은 500㎞ → 700㎞ → 1,000㎞ 순으로 차츰 늘어나겠지만 크기는 변동 없을 것이다.

이후엔 배터리의 크기가 점차 줄어든다.

이 차엔 처음부터 '자동주차 기능'을 부여할 생각이다.

목적지에 당도하여 정확한 위치만 지정하면 차가 알아서 주차를 한다.

반경 30m 이내이고, 접근 가능하며, 비교적 평탄한 곳이라면 어디든 주차된다.

그 다음으로 추가할 것은 '완전자율 주행기능'이다.

도로가 깔려 있는 곳이라면 목적지가 어디든 주소만 입력하면 차가 알아서 간다.

속도를 즐기는 사람들에겐 제한속도를 칼같이 지키는 것이 지겨울 수도 있다.

대신 지금과 같은 교통사고는 발생되지 않는다.

겨울철의 사고 원인 중 하나인 블랙아이스도 피해서 움직인다. 미래의 첨단기술이 적용되니 당연한 일이다.

자율주행기능이 작동되면 500m 이내의 모든 움직임이 실시간으로 감지된다.

다른 자동차들은 물론이고, 사람과 동물의 움직임까지 모두 확인된다. 따라서 사고가 발생할 수 없다.

사전에 알아서 대처하는 때문이다.

수동 기능을 선택했을 때에도 사고 위험이 있으면 즉각 제어권을 회수하여 정지시키는 등의 조치를 취한다.

이후엔 Y-SM(Solar Mobile)이라 이름 붙여진 태양광 발전 전기자동차를 내놓는다.

햇볕만 있으면 무제한 주행 가능하다.

보닛, 지붕, 트렁크, 앞·뒤 유리창에 고성능 발전필름이 부착되는 때문이다.

빛이 없는 밤과 흐린 날, 눈 또는 비가 오는 우중충한 날에는 배터리의 전기를 사용한다.

이 배터리는 1회 충전으로 2,000km를 달리는 용량이다. 따라서 길고 긴 장마기간에도 불편함 없이 사용 가능하다.

그러다 완전히 방전되어도 날씨 좋은 날이 되면 저절로 충전되므로 연료비는 하나도 들지 않는다.

전국의 주유소는 모두 문을 닫겠지만 대기환경 오염은 대폭 개선되게 된다.

이쯤 되면 전 세계 자동차시장을 석권하고도 남을 것이다.

*   *   *

엔진이나 변속기 오일, 타이밍벨트[15] 등을 교환하는 비용 등이 전혀 들지 않으니 대단히 경제적이다.

어쨌거나 창원 공장의 생산량은 대폭 늘어나게 될 것이다.

현재의 자동차는 약 20,000개의 부품으로 이루어진다. 반면 전기자동차는 4,000개 이하의 부품만 필요하다.

따라서 조립 속도가 현저하게 빠를 것이다.

전기자동차 생산을 위해 시설변경을 하는 동안 협력업체엔 각종 부품을 생산할 수 있도록 노하우를 전수해 주면 생산은 어렵지 않을 것이다.

부품수가 5분의 1로 줄어들었으니 생산량은 기존의 4배 이상이 될 수도 있다.

창원 공장의 연도별 생산량은 다음과 같다.

연도	2013	2014	2015
생산대수	25만	19만	22만

---

15) 타이밍벨트(Timing belt): 자동차에서 엔진이 작동할 때 기름과 공기를 주입할 수 있도록 정확한 순간에 흡기 밸브를 열어 주는 장치. 일반적으로 80,000km 주행 시 교체하는 것이 좋다.

그리고 연도별 자동차 등록대수는 다음과 같다. 승용, 승합, 화물, 특수자동차를 모두 합한 숫자이다.

연도	2013	2014	2015
등록대수	53만	71만 7천	87만 2천

2013년을 기준으로 하고 생산량 4배 증가로 계산하면 연간 100만 대를 만들 수 있게 된다.

국내 수요를 충당한 후 콩고민주공화국에서 필요로 하는 양을 우선적으로 보내고 남는 물량이 있으면 수출한다.

'좋아! 한국 GM 부평 공장도 인수하고, 거기선 다른 차종을 생산하는 걸 고려해 봐.'

'네! 창원에선 다양한 모델의 승용차를 생산하고, 부평에선 각종 트럭이나 승합차 모델을 생산하도록 계획해 볼게요.'

'기아자동차랑 현대자동차는 괜찮아?'

'기아의 광주공장은 판매 부진이 지속되어 위험한 상황이고요. 현대 울산공장은 인건비가 많이 드는 공장이라 판매 부진이 계속되면 굳이 거기서 생산한 이유가 없대요.'

'에고, 그럼 그 동네 난리 나겠네.'

'아무래도 그렇겠죠.'

회사 문을 닫겠다고 하면 노조의 반발이 대단할 것이다.

'그 회사들도 다 내 꺼지?'

'네! 대한민국 상장사 전부가 폐하의 것이에요.'

'흐음! 그렇다면 망하게 놔둘 수는 없지.'

'어쩌시려고요?'

'고연비 휘발유 엔진을 공급하면 되지 않겠어?'

중형차의 기준이 된 2,000cc급 엔진을 뜻하는 말이다. 이게 장착되면 주행연비가 120㎞/L로 대폭 늘어난다.

2016년 현재 동급 차량과 비교하면 다음과 같다.

소나타	K5	말리부
12~12.6㎞/ℓ	12~12.6㎞/ℓ	10.1㎞/ℓ

모두 2,000cc급이고, 휘발유 엔진, 자동 6단 미션이다.

그런데 차를 실제로 운행하는 사람은 알겠지만 이 차들의 실제 연비는 조금 다르다. 측정기준 때문이다.

어쨌거나 현수가 생각한 엔진은 고속도로 정속주행 연비가 아니라 실제 시내주행 연비이다.

물론 급출발, 급가속, 급정거를 일삼지 않는다는 조건이다. 그리고 타이어 공기압도 적정해야 하고, 늘 무거운 짐을 싣고 다니지 않아야 한다.

아무튼 교통체증이 없거나, 고속도로에서 정속주행을 하면 리터 당 150㎞ 이상도 달린다.

2117년이 되어야 개발될 이 엔진의 특성은 99.99% 완전연소이다. 따라서 대기오염을 크게 낮추는 효과가 있다.

아울러 출력도 상당히 높다.

소나타	K5	말리부
168마력	168마력	141마력

참고로, 현대자동차에서 발매한 엑시언트(Xcient) 25톤 카고는 배기량 12,700cc이며, 540마력이다.

미래의 2,000cc급 고효율 가솔린 엔진의 최대 출력은 528마력이다. 25톤 트럭의 출력과 거의 맞먹는다.

당연한 말이지만 현재의 동급 승용차들이 도저히 따라올 수 없는 연비와 힘을 낸다.

따라서 소나타나 K5 정도의 출력이 필요하다면 배기량 800cc급 엔진만으로도 충분하다.

요즘은 디젤엔진이 장착된 SUV와 승용차가 시장을 장악하고 있다. 상대적으로 높은 연비와 싼 기름값 때문이다.

문제는 환경오염이다.

디젤차로 인한 미세먼지 등이 대기환경에 안 좋은 영향을 주고 있다.

이를 완벽히 해소하는 엔진이라 '*Ω*엔진' 이라는 이름이 붙여겼다. 인류가 사용할 마지막 화석연료 엔진이라는 뜻에서 붙여진 명칭이다.

참고로, 오메가는 그리스어 알파벳의 마지막 문자이다.

물론 이후에 이보다 더 출력 높고, 연비가 좋은 엔진이 개발되기는 했다.

실제 주행연비 250㎞/L짜리가 그것이다.

이게 인류가 개발한 마지막 휘발유 엔진이었는데 P엔진이라 칭해졌다. 완벽을 뜻하는 'Perfection'의 이니셜이다.

'방금 말씀하신 게 오메가 엔진이라면 재고를 바래요.'

'왜?'

'이 시점에 그걸 꺼내놓으면 산유국에서 스나이퍼(Sniper)를 파견하거나 폭탄 테러를 가할 확률이 매우 높으니까요.'

산유국뿐만 아니라 거의 모든 자동차 회사들이 망하는데 무언들 못하겠는가!

'아! 그렇군. 그럼 1,500cc급으로 100㎞/L이고, 250마력 정도인 건 어때?'

'에고, 그것도 과해요.'

'그럼 1,200cc급, 80㎞/L, 180마력은?'

'일단은 800cc급, 60㎞/L, 170마력으로 시작하죠. 시장이 받는 충격도 있으니까요.'

배기량은 2,000cc급 소나타, K5, 말리부보다 절반 이하지만 연비는 4배 이상 높고, 출력은 대등하거나 조금 더 좋다.

2083년에 개발될 람다(⊿) 엔진이다.

다만 99.99% 완전연소 기능을 가지진 못했다. 이때까지는 99.72%가 한계였다.

그래도 현재의 휘발유 엔진 배기가스에 비하면 청정도가 이전에 비할 수 없을 정도로 클린하다.

'일단은 그렇게 하고 점차적으로 늘리자고?'

'네! 세상의 모든 차를 우리가 생산해선 안 되잖아요. 그럼 전쟁 나요.'

이는 틀린 말이 아니다.

아주 오래전 한국의 조선업은 꽤 긴 기간 동안 세계 1위를 유지했다.

마법 덕분에 연비가 12배나 향상되는 엔진 때문이다.

한동안 세계의 거의 모든 대형 선박들이 한국의 조선소를 찾아와 엔진 교체작업을 했다.

그리고 세계 각국의 군함 대부분이 한국에서 건조되었다.

덕분에 한국의 조선사들은 문전성시를 이루었다. 일감이 너무 많이 밀려서 수주를 마다하는 경우도 많았다.

그때 외국의 조선사들은 하나둘 문을 닫았다. 경쟁력을 완전히 잃었으니 당연한 결과이다.

망한 조선사 관계자와 근로자들은 이실리프 왕국에 욕설을 가했다. 그러다 암살자나 테러범을 파견하기도 했다.

물론 사전에 다 차단되거나 모두 체포되었다.

그때 일련의 보고를 받은 현수는 기술을 공개했다. 마법을 쓰지 않고도 같은 연비를 낼 수 있을 때이다.

　　모두가 환호했지만 다른 나라의 조선업은 이미 유명무실해진 뒤라 별 효과는 없었다.

　　생각해 보면 씁쓸한 추억이다.

　　'도로시의 충고를 받아들이지. 그렇게 진행해.'

　　'넵!'

　　도로시가 조용해지자 기다렸다는 듯 김지윤의 앵두 같은 입술이 열린다.

　　"전무님! 조인경 부장 이사한 거 아시죠?"

　　말 떨어지기 무섭게 도로시가 끼어든다. 현수가 뭐라고 반응하기도 전의 일이다.

　　'전에 말씀하신 게 있어서 제가 그렇게 하도록 했⋯⋯.'

　　도로시의 보고는 길지 않았다. 지윤의 말에 현수가 대꾸해야 하는 때문이다.

　　"그랬어? 이사는 잘 끝났대?"

　　"네! 아주 좋아해요."

　　조인경은 부장 진급 이틀 전에 한강이 훤히 내려다보이는 60평형 아파트 22층으로 이사했다.

　　바로 위층인 23층엔 Y—에너지 배터리 사업부를 맡고 있는 곽진호, 강연희 부부의 보금자리가 있다.

21층엔 Y—엔터 조연 지사장 가족이 거주하고, 그 앞집엔 주인철, 주인숙 남매와 그의 모친이 살고 있다.

요양병원에 계시던 아버지도 함께 이사를 했는데 세 명의 간병인이 3교대로 보살피는 중이다.

도로시는 이 비용을 현수가 부담하도록 했다.

조인경은 천지건설 내에 있으면서 현수가 필요로 하는 업무를 진두지휘해야 한다.

그런데 마음에 근심이 있으면 매끄럽지 못할 수 있다.

하여 현수를 잘 보좌하라는 차원에서 간병인 비용을 부담하게 한 것이다. 조만간 엘릭서를 이용한 치료를 할 것이니 그 비용은 그리 많지 않을 것이다.

"거기 가보니 어때? 넓지?"

"네! 거실도 엄청 크고요…"

지윤의 음성은 아주 밝았다. 정말 좋았던 모양이다.

"지금이라도 늦지 않았어! 이사하고 싶으면 그리로 가. 그 앞집 비어 있는 거 알지? 그게 지윤 씨 몫이야."

"에고, 아니에요. 전 지금 집도 만족해요. 혼자 있는데 너무 넓으면 청소하기만 힘들어요."

이런 걸 보면 욕심이 그리 많지는 않은 듯싶다.

그간의 마음고생이 모두 해소되었기에 마음이 넉넉해져서 그럴 수도 있다.

김지윤은 본래 명예퇴직 신청 대상이었다. 기간 내에 본인이 신청하지 않으면 정리해고가 예정되어 있었다.

지금은 거듭 승진하여 부장이 되었고, 현수가 함께 있는 한 결코 잘릴 일 없게 되었다.

웬만하면 깨지지 않을 철밥통이 된 것이다.

한때 어려움을 겪던 부친의 사업은 궤도에 올라 불경기임에도 성장세가 가파르다. 도로시가 배려한 결과이다.

상장사와의 공정한 거래를 터주었던 것이다.

아무튼 부친의 빚은 모두 상환되었고, 본인의 통장엔 50억 원이 넘는 돈이 예치되어 있다.

2016년 9월 현재 시중은행의 1년 만기 정기예금 평균 금리는 1.2% 정도 된다.

1년에 6,000만 원이니 이것에 대한 이자세 15.4%를 공제하면 5,076만 원이 이자 수입이다.

금융소득 2,000만 원을 초과하였으니 3,076만 원에 대한 추가 세금을 납부하여야 한다.

어쨌거나 1년에 약 5,000만 원이 이자 수입이다.

취업포탈 사이트 잡코리아(JobKorea)가 대졸 신입사원 평균 연봉을 조사한 결과가 있다.

국내의 301개 기업(대기업 150곳, 중소기업 113곳, 공기업 38곳, 외국계 기업 17곳)을 대상이었다.

그리고 그 결과는 아래와 같다.

대기업	3,893만 원
공기업	3,288만 원
외국계기업	3,277만 원
중소기업	2,455만 원

중소기업을 기준으로 하면 대기업 소속 신입사원의 연봉이 1.6배 정도 높다.

반대로 대기업을 기준으로 하면 중소기업 신입사원은 대기업의 63% 수준이다. 3분의 2가 채 안 되는 것이다.

그런데 같은 대기업이라 하더라도 업종에 따라 연봉 차이가 있다.

업종	기업수	평균연봉(만원)
자동차 · 운수	9	4,289
금융	13	4,225
건설	16	4,167
기계 · 철강	8	3,981
IT정보통신, 전기전자	17	3,951
석유화학	22	3,925
유통 · 무역	11	3,900
조선 · 중공업	4	3,875
식음료 · 외식	13	3,608
제조	39	3,607
기타 서비스	7	3,486
합계 / 평균	150	3,893

업종별 기본상여금 포함 연봉은 위와 같다.

표를 보면 알 수 있듯이 지윤의 정기예금 이자는 대기업 대졸 신입사원 최고 연봉을 훌쩍 뛰어넘는다.

게다가 부장으로 승진하여 월급이 대폭 늘어났다.

뿐만 아니라 인사고과는 상위 1%인 S급이다. 연말이 되면 결코 적지 않은 성과급을 받게 된다.

Chapter 11

다시 보는 이수린과 이은정

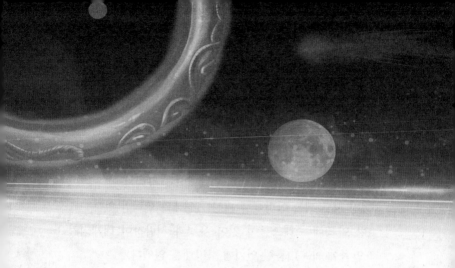

　지윤은 슈퍼카, 명품백, 명품구두, 명품의류, 각종 보석과 고가의 장신구 등으로 흥청망청 하지만 않으면 더 이상 돈 걱정을 하지 않아도 되는 삶을 살게 되었다.

　학창시절엔 조금 더 넓은 방에서 살고 싶다는 생각을 했었다. 아파트가 아니라 본인이 쓰는 방 이야기이다.

　이전에 거주하던 풍납동 아파트는 32평형인데 살림살이가 너무 많아서 다소 비좁게 느껴졌다.

　지윤의 방은 3평을 약간 넘겼다.

　여기에 침대, 협탁, 화장대, 옷장, 서랍장, 책상, 책꽂이, 티테이블과 의자가 들어 있었다.

하여 상당히 비좁았다.

이러니 더 넓은 방을 꿈꾸었던 것이다. 그런데 지금은 그런 욕심이 모두 사라졌다.

지윤이 현재 거주하는 아파트는 유니콘 아일랜드 소속 장인들의 손길이 빚어낸 세련된 인테리어로 꾸며져 있다.

4평 정도 되는 안방엔 슈퍼싱글 침대와 협탁만 있다.

방 안쪽에 드레스룸이 있어 옷장과 서랍장이 대체되었고, 그 안쪽에 파우더룸이 있기에 화장대를 없앴다.

3평짜리 중간 방엔 책상 하나와 그 위에 놓인 노트북만 달랑 있을 뿐이다.

가장 작은 방도 3평가량 되는데 여긴 피아노만 있다. 이번에 이사하면서 들여놓은 것이다.

한밤중에 연주를 해도 옆집이나 아래윗집에 전혀 피해를 주지 않을 정도로 철저하게 방음 처리된 방이다.

주방의 아일랜드는 식탁 겸용으로 쓸 수 있는 것인지라 냉장고 외에는 들여놓은 것이 없다.

거실엔 3인용 소파 하나와 테이블만 있다. TV가 없는 대신 한쪽 벽 가득 책이 정렬되어 있다.

베란다는 한강을 보면서 커피나 맥주를 즐길 수 있도록 작은 카페처럼 꾸며져 있다.

어쨌거나 지윤의 아파트는 별다른 가구가 없어서 다소 휑하다는 느낌이다. 그렇기에 32평형이지만 넓다고 느낀다.

그래서 한강이 조망되는 60평형 아파트로 이사를 가라고 해도 마다하는 것이다.

"아무튼 알았어! 그 아파트는 당분간 비어 있을 테니 언제든 마음 바뀌면 이야기해."

"정말… 고마워요! 열심히 일할게요."

지윤은 현수의 배려가 너무 고마워 울컥한 듯싶다.

일류대학을 우수한 성적으로 졸업한 재원이지만 회사에서 명퇴당했다면 백수가 되어 아르바이트 자리를 찾고 있었을지도 모른다.

아버지의 사업도 망해서 빚쟁이에게 쫓기는 삶을 살게 되었을 수도 있다.

개구리는 올챙이 시절을 기억하지 못한다고 한다.

하지만 지윤은 아니다. 현수 덕분에 인생 역전이 이루어졌음을 확실하게 인식하고 있다.

그렇기에 별말이 아니었음에도 콧날이 시큰해지고, 눈두덩이 뜨끈해지면서 눈시울이 붉어진 것이다.

"뭘 그런 거 가지고 고마워해? 괜찮아."

"아니에요. 전무님이 아니었으면… 흐윽!"

이런, 이런! 또 울컥이다.

말을 더 섞으면 운전하면서 눈물을 흘릴 기세였다. 이럴 땐 화제를 돌리는 게 즉효이다.

"참! 전무이사 비서실은 네 명이 T.O라고 했잖아. 나머지

두 명은 채워졌어?"

"네? 아! 네에. 인사부 추천을 받아 이수린 대리와 이은정 사원이 들어왔어요."

"뭐……? 누구라고?"

둘 다 많이 들어본 이름이다.

"이수린 대리과 이은정 사원이요. 좌석 포켓에 있는 태블릿을 보시면 둘의 인적사항이 있어요."

"그래?"

포켓의 태블릿 PC를 꺼내는데 LG전자 로고가 보였다.

'아! 그러고 보니…….'

사회적으로 좋은 일을 많이 하는 기업이다. 그래서 현수는 이 기업에 대해 좋은 선입관을 가지고 있다.

실제로 LG는 기업의 사회공헌을 위해 2011년부터 CSR팀을 운영하고 있다.

참고로. CSR은 'Corporate Social Responsibility'의 약자로 '기업의 사회책임'이라는 뜻이다.

경제적 책임이나 법적 책임 외에도 폭넓은 사회적 책임을 적극 수행하기 위해 꾸린 조직이다.

이러한 사업의 일환인 LG 의인상은 '의롭고 아름다운 사회를 만들기 위한 작은 보탬'을 캐치프레이즈로 하는 사업이다.

군인, 경찰, 소방관 등 국가를 위해 헌신하는 공직자와 타인을 위해 살신성인한 일반인들을 찾아내 포상하고, 사회의 귀감[16]으로 삼고자 만들었다.

달랑 상장만 주는 게 아니라 상금도 준다. 지급기준에 따라 최소 1천만 원부터 최고 5억 원까지 지급하고 있다.

이외에도 독립운동가를 기리고, 사람들이 이들에 대해 고마운 마음을 가지도록 현충시설 지원사업도 진행하는 중이다.

하여 도산 안창호 기념관, 만해 한용운 기념관, 도마 안중근 기념관, 송재 서재필 기념관 등을 리모델링한 바 있다.

뿐만 아니라 독립유공자, 애국지사 후손들의 자택 리모델링 사업도 지원하고 있다.

또한 화재진압을 하느라 애쓰는 소방관들을 위해 방화복 전용 세탁기를 만들어 건조기와 함께 지원하기도 했다.

이러한 선행은 국내뿐만 아니라 외국에서도 똑같이 이루어진다.

한국전에 참전하였던 에티오피아 참전용사들에겐 후원금과 패딩 등 후원물품을 전달했다.

다른 아프리카 국가인 케냐와 나이지리아, 남수단 등에서도 다양한 사회공헌 활동을 펼치고 있다.

이를 'LG 심시티' 라고 하는 이들이 있다.

지역 주민들이 스스로 커가고, 가꿔갈 수 있는 기반을 만

16) 귀감(龜鑑): 행동의 표준이나 본보기가 될 만한 일이나 물건 또는 그런 사람

들어주는 사업이라 그러하다.

에티오피아의 시범농장 'Hope Village'가 그 중 하나이다.

먼저 적당한 곳을 물색하여 담장을 두른다. 짐승들의 침입을 막기 위함이다.

이렇게 조성된 5헥타르(1만 5,125평) 규모의 농장에 마을을 만든다.

다음은 주민들이 손쉽게 식수를 얻도록 우물을 판다. 전에는 식수를 얻기 위해 1시간이 넘는 거리를 오가야 했다.

깨끗한 물을 마시게 된 주민들은 감사의 뜻을 표한다.

이 물은 가축들에게도 공급되어 질 좋은 우유를 얻을 수 있게 해주었다. 주민들의 수입이 늘어난다.

물이 있으니 감자와 채소농사도 지을 수 있게 되었다.

이곳 주민들은 채소농사라는 걸 지어본 적이 없어 대단히 신기해했다. 수확한 것은 내다 팔아 자금을 축적한다.

다음으로 양계장을 지어주었고, 양계기술도 전수해준다. 단백질 풍부한 닭고기를 얻을 수 있는 환경이 마련되었다.

동시에 태양광발전 설비를 갖춘 학교도 지어준다.

그리곤 모니터와 컴퓨터, 프린터 등을 공급하였고, 전자 및 정보통신기술(ICT) 관련 교육을 실시한다.

아무것도 없던 곳에 졸지에 IT마을이 생긴 것이다.

이에 주민들의 행복도는 높아졌고, 잘살 수 있다는 희망도 생겼다. 마을 하나가 완전히 환골탈태된 것이다.

이에 아비스아바바 시장 디바 쿠마는 감사의 뜻을 표했다.

그런데 이를 아는 이들이 그리 많지 않다.

LG가 자신들의 선행을 적극적으로 홍보하지 않기 때문에 인터넷 게시판에는 가끔 다음과 같은 글들이 보인다.

—LG는 좋은 일을 참 많이 해.

—인정! 근데 아는 사람이 너무 없음.

—그건 마케팅팀이 일을 너무 안 해서 그럼.

—아~! LG 마케팅팀은 일을 하라! 일……!

—니들은 그리고도 월급이 받아지냐?

—헐! LG가 또……? 여러분! 이번에 LG에서…….

—LG 마케팅팀! 니들 정말 일 안 하고 놀기만 할래?

한 네티즌이 복지시설에 가전제품을 기부하기 위해 문의를 하였더니 다음과 같은 말을 들었다고 한다.

"LG에서는 저희 같은 복지시설엔 제품 서비스를 무보상, 무제한으로 해주니 되도록 LG 제품으로 부탁합니다."

이런 배려를 한다는 것을 아는 이들은 그리 많지 않다. 아무튼 LG 마케팅팀의 홍보 실력은 형편없다.

근데 굳이 또 하나의 단점을 꼽자면 휴대폰을 제대로 만들 줄 모른다는 것이다.

하여 한 번도 세계 시장을 석권해 본 적이 없다.

'도로시! LG에 휴대폰 기술을 전수해 주는 건 어때?'

'그러죠! 근데 어떤 걸 알려줄까요?'

'흐음! 플렉시블 기능을 가진 폰은 어때?'

플렉시블(Flexible) 기능은 휴대폰을 주머니에 넣거나 들고 다니는 게 아니라 손목이나 팔뚝에 감아뒀다가 필요할 때 펼쳐서 쓸 수 있도록 하는 기술이다.

돌돌 말려 있게 했다가 쭉 당겨서 펼치게 할 수도 있다.

'그건 연구하는 회사들 많아요.'

'그래? 그럼 거기에 인라지 기능을 더하면 어때?'

인라지(Enlarge) 기능은 펼쳐진 휴대폰을 가로와 세로 방향으로 잡아 당겨 화면을 키우는 것이다.

그렇기에 현재 사용하는 것보다 훨씬 더 크게 만들 수 있다.

삼성이 개발하고 있는 갤럭시 폴드 5G는 접었을 땐 전면에 4.6인치 OLED를 사용하고, 펼치면 내부의 디스플레이와 합쳐 7.3인치 대화면을 사용하는 방식이다.

LG에 플렉시블 기능과 인라지 기능이 전수되면 최대 24인치짜리 화면까지 감상할 수 있다.

한때 각광을 받았던 기술이다.

'플인폰(Flen—phone)이요? 그건 좀 과한데요?'

인라지 기능은 서기 2210년쯤에나 나타날 기술이다.

책상 위 모니터로 쓸 때는 24~32인치 정도의 크기로 사용하다가 이를 거실로 가져가서는 최대 100인치 크기의 화면으로 키울 수 있는 것이다.

도로시의 말은 인라지 기능은 현재 지구의 어느 곳에서도 연구되지 않는 기술이기에 내놓을 수가 없다는 뜻이다.

'그럼 그냥 플렉시블 플러스 폴더블 폰은?'

휘어지는 걸 펼친 후 접혔던 것을 펼치면 화면이 커지는 것이다.

'그것도 어느 정도 연구되고 있어요.'

도로시의 말처럼 휴대폰을 만드는 회사마다 접거나 휘어지는 것을 만들기 위한 개발이 한창이다.

'그래? 그럼 홀로그램 기술도 없으면?'

이 기술이 접목되면 평면이던 영상이 3D로 변환되어 허공에서 재생된다.

드라마, 영화, 스포츠 경기, 각종 공연 및 행사 등을 감상할 때 생생한 장면으로 즐길 수 있다.

휴대폰 사이즈로 보는 게 아니라 크기가 확대된다.

사용자가 배율을 조정할 수 있는데 너무 크면 해상도가 떨어지는 단점이 있다.

아무튼 3D로 전환하면 화상통화를 할 때 상대와 마주한 느낌을 받을 정도이다.

단점은 용량이 큰 배터리가 필요하며, 10GHz 이상인 쿼드 코어 프로세서가 필요하다.

아울러 최소 10테라바이트짜리 시스템 메모리 2개 이상이 있어야 한다.

스피커도 특별해져야 하고, 평면 영상을 순간적으로 3D영상으로 변환시켜야 하기에 많은 연산이 필요한 때문이다.

'그거 하려면 배터리, 메모리, 프로세서, 스피커까지 몽땅 새로 개발해야 해요. 지금 없는 기술이라고요.'

'그래? 그럼 그거 만드는 기술도 주면 되지 않을까?'

'네? LG에서 만들게 하라고요? 그건 비용이……'

반도체 공장을 신설하려면 상당한 자금이 들어감을 설명했다.

'그럼, 반도체는 SK하이닉스에서 만들게 해. 거기도 시장 점유율을 올려야 하니까.'

'배터리는 Y─에너지에서 만들게 하면 되지만 메모리와 프로세서 제조기술은 SK하이닉스에 넘기라고요?'

'그래! 그 제품 생산에 한해서만.'

'스피커는 어쩌고요?'

'도로시가 적당한 회사 물색해 봐.'

JBL과 BOSS 등 세계 유수의 스피커 제조사에 비상이 걸리는 소리이다.

*   *   *

'끄응~! 기술 유출에 신경 써야겠군요.'

Y-그룹에서 만든다면 얼마든지 핵심기술을 감출 수 있다. 특정 공정을 자동화하고 제어를 도로시가 컨트롤하면 된다.

그런데 상대적으로 감시의 눈길이 덜 갈 일반기업에 맡기면 자칫 남 좋은 일만 시켜주는 꼴이 될 수도 있다.

핵심 기술자를 꼬드기기만 하면 첨단을 뛰어넘는 기술을 넘겨받을 수 있는 때문이다.

다시 말해 산업스파이를 늘 고려해야 한다.

'그건 제가 심사숙고해 볼게요.'

'그래! 그 부분은 도로시에게 맡길게.'

'넵! 알아서 처리하겠습니다.'

현수가 인천공항에서 천지건설로 가는 동안 LG전자와 SK하이닉스만 대박 맞을 일이 결정되었다.

누가 도로시의 낙점을 받을지 모르겠지만 국내 스피커 제조사 중 하나도 마찬가지이다.

Y-에너지 배터리 사업부는 본격적으로 바빠질 예정이다.

한편, 삼성과 애플 등은 강력한 경쟁상대가 등장할 것임을 전혀 알지 못하는 상황이다.

'그러게 LG처럼 좋은 일 좀 많이 하지.'

SK하이닉스와 LG전자에 기술을 이전하면서 어떤 부분을 어떻게 할 것인지를 궁리하던 도로시의 생각이었다.

각각의 회사에 방금 언급된 기술이 전수되면 둘 다 세계 초일류기업으로 성장하게 된다.

삼성과 애플, 그리고 구글과 퀄컴 같은 회사들이 바싹 긴장해야 하는 상황이 곧 도래하게 된다.

조만간 휴대폰 시장의 판도가 확 바뀌기 때문이다. 물론 LG가 세계 1위로 발돋움한다.

그것도 아주 강력하게!

2016년 2분기 마감 후 점검해 본 글로벌 휴대폰 시장 점유율은 아래와 같다.

순위	기업명	점유율
1	삼성	19.6%
2	애플	8.8%
3	화웨이	7.0%
4	OPPO	5.0%
5	ZTE	3.8%
6	VIVO	3.6%
7	LG	3.4%

한편, 글로벌 스마트폰의 시장 점유율은 다음과 같다.

순위	기업명	점유율
1	삼성	21.7%
2	애플	11.3%
3	화웨이	9.0%
4	OPPO	6.5%
5	VIVO	4.6%
6	ZTE	4.3%
7	샤오미	4.1%

　표를 보면 알 수 있듯이 삼성과 애플이 굳건히 1~2위 자리를 차지하고 있다. LG는 저 밑에 찌그러져 있다.

　하지만 3D 변환기능을 갖춘 '플렉시블 + 홀로그램 폰'이 출시되면 판도는 완전히 바뀐다.

　다음이 조만간 형성될 휴대폰 시장 점유율 순위이다.

순위	기업명	점유율
1	LG	64.9%
2	삼성	11.3%
3	애플	7.2%
4	OPPO	6.1%
5	VIVO	4.3%
6	ZTE	4.1%

화웨이와 샤오미는 연일 계속되는 비로 인해 공장이 침수되고 진흙범벅이 되면서 역사의 뒤로 완전히 사라진다.

그러고는 다시는 등장하지 못한다. 공장이 붕괴된 때문이기도 하지만 다시 시작할 자본 자체가 없어서이다.

한편, 반도체 업계에도 지각 변동이 일어난다.

반도체를 만들 때 가장 중요한 일은 설계와 공정이다. 당연히 설계와 공정은 둘 다 매우 어렵고, 돈이 많이 든다.

하여 반도체 산업은 'Outsourcing'이 발달되어 있다.

이를 어찌 하느냐에 따라 회사를 구분한다.

먼저, 설계와 공정을 모두 하는 회사는 IDM(Integrated Device Manufacturer)이라고 한다.

칩(Chip)을 어떻게 만들지 계획하고, 그 계획에 따라 직접 만드는 회사이다.

앞서 언급하였듯이 설계와 공정 둘 다 매우 어렵고, 돈이 많이 든다. 하여 IDM은 그리 많지 않다.

다음은 2016년 현재 반도체 시장 점유율이다.

순위	기업명	점유율
1	인텔	15.9%
2	삼성	11.8%
3	퀄컴	4.5%
4	SK하이닉스	4.2%
5	Broadcom	3.9%
6	Micron Technology	3.7%
7	Texas Instrument	3.5%

다음으론 반도체를 만들기만 하는 회사이다.

소위 '파운드리(Foundry)'라고 칭해지는 업체들이다.

TSMC, Global Foundries, DB Hitec 등이 있다. 삼성은 파운드리에도 포함되어 있다.

반도체는 '메모리'와 '시스템' 이렇게 두 가지 종류가 있다.

메모리 반도체는 IDM으로 만들고, 시스템 반도체는 삼성 LSI와 삼성 Foundry가 같이 만든다.

그래서 세계 2위가 된 것이다. 그런데 이 판도가 대번에 깨져 버린다.

SK하이닉스에서 개발된 메모리와 시스템은 당분간 LG에만 공급이 된다. 다시 말해 수요처가 한정되어 있다.

그럼에도 LG의 주문량이 워낙 많아 시장 점유율이 확 바뀌는 것이다. 다음이 그것이다.

순위	기업명	점유율
1	SK하이닉스	38.5%
2	삼성	9.2%
3	인텔	7.8%
4	퀄컴	3.1%
5	Broadcom	2.9%
6	Micron Technology	2.7%
7	Texas Instrument	2.4%

보다시피 SK하이닉스의 약진이 두드러지고, 인텔과 퀄컴은 몰락의 길을 걷기 시작한다. 그리고 다시는 역전이 되지 않는다. 현수가 계속 기술을 공급하는 까닭이다.

어쨌거나 처음으로 휴대폰 시장 세계 1위가 된 LG는 기쁨의 눈물을 감추지 못한다. 그리곤 더 많은 사회공헌으로 보답한다. 하여 '과연 LG!' 라는 말을 듣게 된다.

SK하이닉스도 보고만 있지는 않는다.

형편이 어려움에도 면학의 길을 선택한 만학도[17]들을 위한 'SK하이닉스 만학재단'을 만든다.

가족을 부양하는 등의 여러 여건 때문에 공부를 하고 싶어도 그러지 못하는 직장인들을 지원하는 사업이다.

기초과학과 공학전공에만 지원한다는 것이 흠이기는 하지만 덕분에 SK그룹의 이미지까지 개선되는 효과를 얻는다.

도로시는 상장사의 지분을 사들인 후 현수의 기준에 따라 경영자들에 대한 평가를 내린 바 있다.

본인은 물론이고 직계가족 등이 갑질 같은 사회적 물의를 일으킨 경우가 있으면 모두 경질했다. 아울러 그의 일가친척과 떨거지들까지 모조리 축출했다.

해외에 비자금을 은닉해놓은 경우도 당연히 마찬가지이다.

이들의 재취업은 당연히 어렵다. 다른 상장사에서 결코 받아들이지 않을 것이기 때문이다.

아무튼 100대 상장기업 중 88%의 경영진이 바뀌었다.

다시 말해 100개 기업 중 12개만 종전의 경영자가 계속 회장이나 대표이사 직을 유지하고 있고, 나머지 88곳은 재벌총수 등의 자리에서 쫓아냈다.

도로시는 산업은행과 국민연금 등이 보유하고 있던 주식을 몽땅 매입한 바 있다. 일부는 블록딜로 사들였다. 그러는 한편 개미들이 쏟아낸 주식까지 몽땅 받아냈다.

---

17) 만학도(晚學徒): 나이가 들어서 뒤늦게 공부하는 사람

지금껏 떵떵거리며 살던 재벌총수들은 우호지분을 구할 수 없었다. 하여 힘 한번 못 써보고 밀려난 것이다.

곧이어 그간의 각종 범죄행위에 대한 고소·고발이 실시되었고, 일탈행위에 대한 도덕적 질타가 이어졌다.

얼굴을 들고 살 수 없을 정도로 만들어 버린 것이다.

이러는 한편 부정하게 은닉해둔 금융자산 등은 모조리 회수 하였다. 보유 주식과 부동산을 매각하지 않을 수 없도록 만든 것이다. 도로시는 그것까지 모조리 빨아들였다.

아주 탈탈 털어버린 것이다.

어쨌거나 LG는 경영진이 바뀌지 않았다.

SK하이닉스는 그룹에서 완전히 분리시켰고, 전문경영인에게 맡겨졌다. 경영능력 확인은 물론이고, 도덕적 검증까지 마쳐진 인사이니 잘할 것이다.

그렇기에 LG와 SK하이닉스에 기술을 이전하라는데 딴소리를 하지 않은 것이다.

"지윤 씨! 이수린 대리 만나봤어?"

"그럼요! 제 부사수인걸요."

"어때 보여?"

"글쎄요? 배치된 지 얼마 안 되서 몇 번 못 봐서……."

"그래?"

"의욕적이긴 한데 능력이 어떤지는 아직 파악 못 했어요."

"그래? 알았어."

김지윤은 이수린의 진정한 신분을 모르는 듯하다.

이수린은 천지화학 이강혁 회장의 딸이다. 다시 말해 이연서 총괄회장의 친손녀이다.

아울러 강연희와는 배다른 자매이다.

이강혁 회장과 비서였던 강진숙 여사와의 사이에서 태어난 강연희가 언니이다.

연희는 수린을 알지만 수린은 연희의 존재를 모르고 있다.

어쨌거나 둘은 자매관계이다. 그래서 그런지 수린도 언니만큼은 아니어도 꽤 예뻤던 것으로 기억한다.

약간 도도하지만 늘씬하고, 몸매도 아주 착하다. 무엇보다도 재벌가의 여식답지 않게 털털하고, 쿨한 성품이다.

이연서 회장의 엄한 훈육 덕분일 것이다.

'흐음, 회장님이 꽂아주신 모양이군.'

어떤 의도인지 충분히 짐작되었다.

이수린은 분명 미스코리아급이다.

하지만 김지윤에 비할 바는 못 된다. 엘릭서 복용 후 여신급으로 진화한 결과이다. 조인경에도 못 미친다.

그리고 둘만큼 똑똑한지는 모르겠다.

이전의 삶에서 별다른 접촉이 없었기에 다소 소원[18] 했던 결과이다. 그래도 한 가닥 희망을 안고 꽂아 넣었을 것이다.

<u>어떻게든 현수를</u> 자기 사람으로 만들고 싶어 하는 이연서

18) 소원(疏遠): 지내는 사이가 두텁지 아니하고 거리가 있어서 서먹서먹함

총괄회장의 욕심이 담긴 인사발령이었다.

다음 페이지로 넘겨보니 앳된 얼굴의 낯익은 이은정의 사진이 보였다.

'아! 그리고 보니… 으음, 역시 그렇군.'

가족관계에 할머니 성명이 없다.

뺑소니 교통사고를 당하셨는데 돈이 없어서 제대로 된 치료를 못 받아 돌아가신 모양이다.

'작은아빠라는 사람이 이번에도 모른 척한 모양이네.'

'조사해서 작살낼까요?'

도로시도 이은정을 알고 있다. 이실리프 제국의 건국사에 등장하는 인물이기 때문이다.

현수의 친구인 민주영과 부부이고, 이실리프 무역의 회장으로써 훌륭한 삶을 살았던 것으로 기록되어 있다.

'조사는 해보되 건드리지는 말아.'

'넵! 알았슴돠.'

왠지 모르게 도로시의 음성에 심술이 묻어 있었다.

아무래도 이은정의 작은아빠는 세상사는 게 조금 버겁게 될 듯싶다.

하지만 현수가 신경 쓸 일은 아니다.

가족의 어려움을 나 몰라라 했던 이기적이고 비정한 인간이니 몰락하거나, 심한 어려움을 겪거나 말거나이다.

현수는 나머지 인사기록도 살펴보았다. 그러다 입사일자에 시선이 갔다.

2016년 5월이면 올해이다.

현수는 모르지만 천지건설에는 '생활보호대상자 우대'라는 인사규정이 있다.

다만 어려운 삶을 산다고 해서 무조건 채용하는 것이 아니라 일정 수준 이상이어야 한다는 전제가 붙은 규정이다.

어렵사리 천지대학교 무역학과를 졸업한 이은정은 등록금 때문에 학점 관리를 제대로 하지 못하였다.

학창시절 내내 생활비 및 학비를 벌기 위해 과외를 하거나 알바를 뛰어야 했던 결과이다.

과외알바는 1학년 때 잠시 했고, 나머지는 카페나 식당 등에서 그야말로 뼈 빠지게 일했다.

Chapter 12

—

은정씨 집에 한 번 가봐

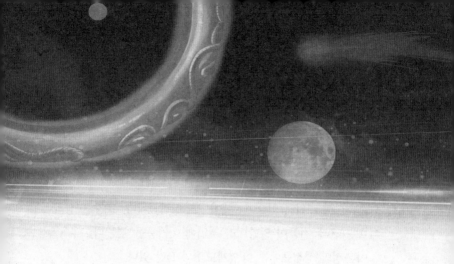

대학교 전학년 성적표를 보았을 때 온통 A로 채워져 있으면 '아아! 어서 옵서' 성적표라 한다.

원서를 내는 족족 합격통지를 받게 된다.

A와 B가 섞여 있으면 '아바' 성적표라 한다.

이 정도면 스웨덴의 혼성그룹 아바(ABBA)와 같은 인기를 얻을 수 있다. 다시 말해 취업전선에 섰을 때 러브콜을 받을 수 있음을 의미한다.

A는 거의 없고 온통 B 아니면 C만 있으면 이를 '비실비실' 성적표라고 한다.

회사에 입사지원서를 내놓고도 면접에서 당당하지 못하고

비실비실한 모습을 보이게 돼서 하는 말이다.

C와 D로 도배되어 있으면 '시들시들' 성적표라 한다.

채소 파는 상점의 진열대에 싱싱하지 못하고 온통 시들어 버린 것만 있으면 팔리겠는가?

취업을 포기해야 할지도 모르는 성적표이다.

A와 C로 채워져 있으면 '에이 씨' 성적표이다. 교양은 성적이 괜찮은데 전공이 엉망이라 취업에 어려움을 겪는다.

이은정의 성적표에는 아쉽게도 B와 D만 있다.

비실비실만 못하지만 그래도 시들시들보다는 낫다는 '부들부들' 떨리는 성적표이다.

대기업에 원서를 내봤자 붙을 확률이 거의 없다. 특히 요즘처럼 불경기일 때엔 욕만 먹을 수도 있다.

'이 따위 성적으로 어딜 감히 우리 회사 같은 곳에 지원서를 내서 귀찮게 하느냐'는 욕이다.

하여 중소기업과 소기업 위주로 이력서를 제출했지만 번번이 물 먹었다.

1년 동안 300장이 넘는 이력서를 제출했지만 서류전형을 통과한 건 한 손으로 꼽을 만큼 적었다.

그런데 그마저 다 떨어졌다.

딱 한군데 합격 통지를 받은 곳이 있기는 하다.

하지만 그 회사는 은정이 거절했다. 면접 보던 이사라는 사람의 음흉한 눈초리 때문이었다.

어쨌거나 먹고는 살아야 하기에 식당에서 설거지를 하면서 매일매일 이력서를 전송했다.

하지만 1년이 넘도록 취업은 되지 않았다.

그러다 지난 4월에 우연히 천지건설 홈페이지를 방문하게 되었다. 그리고 그때 취업공고를 보았다.

현금 유동성 위기 때문에 2016년도 대졸 신입사원을 뽑지 못하고 있었기에 뒤늦게 공고한 것이다.

"와~! 이거 경쟁률 어마어마하겠네."

상반기 신입사원 공채에 떨어진 대졸자들이 대거 지원할 것이기 때문이다.

예상대로 공채 경쟁률은 어마어마했다.

은정이 지원한 일반 업무직은 채용인원이 30명이었는데 무려 4,140명이나 지원했다. 정확히 138대 1이었다.

청년 취업난이 어떤지 대번에 알 수 있는 경쟁률이다.

"이런 데는 원서 내봤자 떨어지겠지?"

본인의 학점을 잘 알기에 자조적인 표정이었다. 하여 다른 페이지를 보려고 마우스를 클릭하려던 손이 멈췄다.

'소정의 자격을 갖춘 생활보호대상 가구의 구성원에겐 가산점을 부여한다' 는 구절을 본 것이다.

은정처럼 학비를 버느라 학점 관리를 할 수 없었던 사람을 배려한 인사규정이다.

2년제 대학 졸업 이상이어야 하고, 범죄 전력이 없어야 하며, 병역필 또는 면제자로서 생활보호 대상자 또는 구성원에게 필기시험 결과에 5% 가산점을 부여한다는 내용이다.

40점 만점인 필기시험에 가산점이 겨우 5%이니 어떻게 보면 야박하다. 다해봐야 겨우 +2점인 것이다.

그런데 이는 현실을 몰라서였다.

어쨌거나 응시원서를 접수시켰고, 가산점 덕분에 입사가 결정되었다.

이은정 본인은 모르겠지만 '서류전형 점수 + 필기시험 36점 + 1.8점 + 면접 점수'의 결과는 딱 30등이다.

필기에서 고득점하지 못했거나 다른 전형에서 0.1점이라도 부족했다면 떨어졌을 것이다.

어쨌거나 신입사원 연수를 받았고, 첫 번째로 배치된 곳이 견적실이다.

천지건설 최고의 미친년이라 불리는 남윤숙 대리가 군림하고 있는 곳이다.

이때가 6월 초였다.

남 대리는 본인보다 어리고, 예쁜 은정에게 견적실 총각들의 시선이 쏠리자 대놓고 갈궜다.

은정이 한 번도 경험해 보지 못한 업무를 지시하면서 아무것도 가르쳐주지 않는 것은 다반사였다. 그래놓고는 일을 제대로 못한다면서 온갖 짜증을 다 부렸다.

이때의 은정은 차비가 없어서 퇴근 후 알바를 했다. 식당에서 늦은 설거지를 했던 것이다.

엄마가 심한 디스크 때문에 허리가 아파서 일을 할 수 없으니 어쩌겠는가!

아무튼 첫 월급을 받았지만 대부분 빚을 갚는데 써서 지금도 설거지 알바를 계속하고 있다.

마음 같아선 싸가지 없이 구는 남 대리의 면전에 사직서를 집어 던지고 싶었을 것이다.

그런데 어떻게 해서 취직한 직장인가!

300장이 넘는 이력서를 쓴 끝에 간신히 취직했다. 가산점이 없었다면 또 고배를 마셨을지도 모른다.

신입사원 연수에서 만난 동기들은 모두 반짝거리는 보석과 같았다. 다들 본인보다 공부도 잘한 것 같다.

그만 두면 갈 곳이 없음을 너무도 잘 알기에 매일매일 탕비실이나 화장실에서 눈물짓곤 하였다.

어쨌거나 6월부터 9월 중순에 이르기까지 남윤숙 대리의 온갖 짜증을 다 받아내며 조금씩 일을 배웠다.

이런 은정을 눈여겨본 사내가 있었으니 견적실장이다.

은정이 출근하고 퇴근할 때의 복장을 보아하니 형편이 어려운 듯싶었다.

다행히도 낮에는 유니폼을 입기에 이런 점이 보이지 않아 다른 직원들은 잘 모른다.

은정이 남루한 옷차림을 감추고자 남들보다 일찍 출근하

고, 늦게 퇴근했던 때문이기도 하다.

아무튼 남 대리 본인도 업무에 미숙하니 가르쳐주는 것이 없어서 늘 헤매기는 하지만 선하고, 착실해보였다.

어떻게든 주어진 업무를 해결하려는 노력과 끈기도 보였다. 상사로서 당연히 보기에 흐뭇했다.

그런데 남윤숙 대리가 너무 갈군다.

대형병원 간호사들 사이에 존재한다는 '태움[19]' 못지않은 것 같았다. 하여 남 대리를 불러 은근히 그러지 말라는 뉘앙스의 말을 해봤지만 소용이 없었다.

하여 이를 보다 못한 견적실장은 인사부장을 찾아갔다.

그러고는 이은정 사원을 다른 부서로 전출시켜 달라는 말을 했다. 당연히 이유를 물었다.

잦은 지각과 조퇴, 결근, 업무미숙, 업무태만, 지시불이행, 항명 등의 부정적인 말이 나올 때마다 고개를 저었다.

그렇다 하여 남윤숙 대리의 이름을 대진 않았다. 좋으나 싫으나 본인 휘하의 직원인 때문이다.

그날 인사부장은 견적실장과 소주 한잔을 나눴다.

그 자리에서 부서의 장(長)이 요청하니 인사이동이 있을 때 우선적으로 배치하겠다는 약속을 했다.

---

19) 태움: 선배 간호사가 신임 간호사에게 교육을 명목으로 가하는 정신적·육체적 괴롭힘을 의미. '영혼이 재가 될 때까지 태운다'는 뜻에서 알 수 있듯이 명목은 교육이지만 실상은 과도한 인격 모독인 경우가 많아서 간호사 이직률의 주요 원인이다.

그다음 날, 조인경 부장과 통화했다.

아직 어린 나이지만 본인과 같은 직급인 부장이고, 대표이사 비서실의 재원으로 소문났던 인물과의 통화이다.

조인경은 비서실 T.O를 채워 달라면서 가급적 여직원을 보내줄 것을 요청했다.

아울러 김지윤 부장보다 입사일이 늦은 대리급 이하여야 한다고 못 박았다.

지시를 내려야 하는데 선배 사원이 오면 불편하다는 뜻을 분명히 한 것이다. 하여 누구를 보낼 것인가를 생각하고 있을 때 총괄회장 비서실에서 전갈이 왔다.

총무부 이수린 대리를 하인스 킴 전무이사 비서실로 발령하라는 회장님의 지시가 있었다는 내용이다.

누구의 말인데 감히 거역하겠는가!

확인해보니 이수린은 김지윤보다 입사일이 늦다. 하여 얼른 이수린 대리의 이름을 체크해뒀다.

이때 견적실 이은정 사원이 떠올랐다. 조인경 부장이 요청한 조건에 완벽히 부합된다.

천지건설엔 아직도 이상한 소문이 떠돌고 있다.

주로 대리급 이하 여직원들 사이에서 번지기 시작한 것으로 조인경과 김지윤이 아프리카 흑인인 하인스 킴 전무와 같은 침대를 쓴다는 내용이다.

둘이 몸 로비를 하여 진급했다는 시기 어린 소문이다.

이은정은 아직은 어리바리한 신입사원이라 사내에 떠도는 이상한 소문과는 관련이 없을 것이다.

하여 이은정의 이름도 체크했다.

며칠 전, 이은정이 하인스 킴 전무이사 비서실로 옮겨가게 되었다는 것을 알게 된 남윤숙 대리는 이를 갈았다.

입사 동기인 조인경 부장이 자신의 장난감까지 빼앗았다는 생각을 한 때문이다.

아무튼 현수는 이은정의 인사기록을 보다가 주소를 확인하곤 지도로 찾아보았다.

로드뷰로 보니 언젠가 갔던 그 집이다.

오래전 기억 그대로라면 단칸 지하셋방일 것이다.

문을 열면 '훅' 하고 곰팡이 냄새가 끼쳐온다. 진한 습기 때문이다. 창문이 있기는 하지만 환기는 잘 안 된다.

게다가 비좁고, 어두컴컴하다.

정화조와의 연결에 문제가 있는지 화장실 변기는 수시로 막히고, 천장에서 물이 뚝뚝 떨어지는 곳도 있다.

장판을 들춰보면 바퀴벌레가 우글거리고, 창문을 열면 주차되어 있던 차가 출발할 때마다 배기가스가 들어온다.

멀쩡한 사람도 이런 곳에 머물면 병에 걸린다.

이은정은 그렇지 않아도 찾고 싶었던 사람이다.

아직 확실하게 결정된 것은 아니지만 킨샤사에 의약품을 수출해야 한다.

다시 말해 Y—무역을 만들어야 하는데 맡길 사람이 필요하다. 은정은 무역전공이고, 일처리가 깔끔하며, 빈틈없는 완벽을 추구하는 성품이니 적임자 중의 적임자이다.

따라서 이런 거지같은 곳에 머물게 할 수는 없다.

"지윤 씨!"

"네, 전무님."

"은정 씨 집을 한 번 찾아가봐."

"네……?"

무슨 뜻이냐는 표정이다.

"가거든 어떤 집인지 사진을 찍어… 아! 아니다."

"……?"

지윤은 왜 하던 말을 끊느냐는 표정으로 바라보았다.

"지윤 씨 지금 사는 집 아래층 비어 있지?"

"…네."

"알았어."

*   *   *

"우와! 이게 누군가?"

"네, 안녕하셨지요?"

"하하! 어서 오시게. 수고가 많았네? 하하하!"

신형섭 사장은 파안대소를 하며 두 팔 벌려 환영했다.

현수는 천지건설을 살려낸 1등공신이다. 아울러 엄청나게 큰 먹잇감까지 제공해줬다.

여기까지는 회사 입장이고, 신 사장 개인의 입장에서도 현수는 너무도 고마운 존재이다.

올해 초만 해도 유동성 위기 및 계속된 수주 불발로 인해 경영능력을 의심받고 있었다.

아마 다음 번 주주총회 때 박준태 전무에게 대표이사 자리를 물려주고 쓸쓸한 퇴사를 해야 했을 것이다.

그런데 그런 불안함을 일거에 싹 씻어주었다.

뿐만 아니라 엄청나게 큰 해외공사를 수주하게 해주어 상당기간 대표이사 자리를 보장받게 되었다.

신 사장이 현수와의 케미가 좋다는 걸 파악한 이연서 총괄회장이 상당히 흡족해하는 때문이다.

이러니 환영은 당연한 일이다.

"에구, 수고는요. 그나저나 견적은 어떻게 되었습니까?"

"뭐야? 오자마자 일 이야기인가? 차나 한잔하면서 그간 무슨 일이 있었는지부터 듣고 싶네. 자, 우선 앉지."

아제르바이잔에서 헤어진 후 다들 귀국했지만 현수만 홀로 콩고민주공화국으로 갔다.

방문목적을 물었을 때 관광이라고 대꾸했었다. 현수는 천지건설의 전무이사이기는 하지만 프리랜서나 마찬가지이다.

보유재산이 천지건설 시가총액을 넘는 상황이다.

게다가 회사에 큰 공을 세운 직후인지라 휴가 차원에서 독자 행동을 제지하지 않았다.

그런데 얼마 지나지 않아 잉가댐과 수력발전소 공사도면이 항공화물로 당도했다.

여기엔 공사비만 맞으면 수주될 것이라는 메모가 붙어있었다. 지금까지의 상황으로 미루어 짐작컨대 메모의 내용은 사실일 확률이 매우 높다.

하여 매일 견적실을 드나드는 중이다.

*　　　　*　　　　*

또 하나의 해외공사 수주는 천지건설에게 득이 되는 때문이다. 마침 댐과 발전소 공사에 대한 노하우도 있으니 수주만 하면 시공은 그리 어렵지 않은 일이다.

하여 시공팀에게 이에 대한 복습을 지시해놓은 상태이다. 상상으로 공사 시뮬레이션을 요구한 것이다.

현지 상황은 알 수 없지만 댐은 물을 막는 것이고, 수력발전은 낙차를 이용하여 발전하는 것이다.

확인해 보니 도면의 표기는 예전 기술에 맞춘 것이다. 하여 새로운 기술이 개발되었는지도 확인토록 했다.

현수는 조인경과 김지윤이 챙겨온 음료수로 목을 축인 후 콩고민주공화국에서의 이야기를 시작했다.

신형섭 사장 등은 한편의 활극을 듣는 듯 내내 귀를 기울이며 일희일비를 했다.

"근데 파동치료기가 정말 그런 효과가 있는가?"

"그럼요! 미국에서……."

결국 파동치료기에 대한 연원부터 다시 이야기해야 했다.

폴 쿠아레의 파동치료부터 시작된 이야기는 사무엘 오벤 중령을 거쳐 제프 카구지와 하원의장 부인의 이야기까지 이어졌다.

혹시 몰라 반군 지도자인 토마스 루방가의 딸 로엔디 루방가를 수술했다는 이야기는 뺐다.

"전부 자네 의술 덕분이군. 고맙네, 정말 고맙네."

신 사장은 정중히 고개까지 숙였다.

"에고, 이러지 마십시오."

"아니, 아닐세! 천지건설의 대표이사로서 당연히 감사의 뜻을 표해야지. 그나저나 뭐 원하는 거 없나?"

"네? 무슨 말씀이신지요?"

"회장님께서 말씀하셨네. 정년연한을 늘려주고 연봉을 올려주는 것만으로는 부족하다고! 뭐든 원하는 게 있으면 말씀하시게. 웬만하면 다 될 것이네."

"아! 그럼… 킨샤사 지사장을 맡고 있는 이춘만 과장을 진급시켜 주십시오. 과장으로 너무 오래 있었다고 들었습니다."

"이춘만 과장을 진급시켜달라고? 아니, 그거 말고 자네가 원하는 걸 말해달라니까."

"그게 제가 원하는 겁니다."

단호하게 반응하자 신 사장은 흠칫하며 눈치를 살핀다. 진심인지 여부를 파악해 보는 것이다.

"…알겠네. 즉시 차장으로 진급시키겠네."

이춘만 과장의 동기 중에는 부장도 몇 있기에 차장으로 올라가 봐야 그저 그렇다.

그래도 만년과장 딱지를 떼는 것이다. 박준태 전무 일당에 의해 막혀 있던 진급길이 다시 열린 것이다.

하여 사의를 표하려 할 때 신 사장이 먼저 입을 연다.

"아! 이 과장 나이가 제법 되지? 그러니 잉가댐 공사가 수주되면 그 즉시 부장으로 진급 시키겠네."

조건부이기는 하지만 부장이 되면 두 계급이나 올라가는 것이다. 이 정도면 적당할 듯싶다.

하여 고맙다는 말을 하려는데 휴대폰이 진동한다.

위이잉~! 위이이잉~!

대표이사와의 면담 중이라 번호만 확인하려 했다. 일단 통화거절을 하고 나중에 다시 걸려는 생각을 한 것이다.

그런데 못 보던 전화번호였다.

124312로 시작되는 번호이다.

1은 국제전화 식별번호이고, 243은 콩고민주공화국 국가번호, 12는 킨샤사의 지역번호이다.

뒤를 이른 번호는 곰베 지역번호인 듯싶다. 이춘만 지사장이 사무실을 얻고 보고 전화를 하는 것일 수도 있다.

킨샤사와의 시차가 +8시간이니 자칫 시간대가 맞지 않아 심야 또는 새벽에 통화를 하게 되는 수도 있다.

따라서 이 전화는 받아야 한다.

"사장님, 잠시만요!"

신형섭 사장에게 양해를 구한 현수는 통화 기능을 선택하곤 입을 열었다.

"네, 하인스 킴입니다."

" වජජ ඎඥඥළටවව……."

상대방의 언어는 링갈라어(Lingala)였다. 현수는 이에 맞춰 같은 언어로 대화를 시작하였다.

"ඎහඔඔයරණ තවසෑ……."

신형섭 사장은 이건 뭔가 싶은 표정으로 현수를 바라본다.

분명히 영어, 불어, 스페인어, 독일어, 러시아어, 아랍어는 아니다. 일본어도 지나어도 아닌 말로 열심히 통화를 하고 있는데 거의 원어민 수준인 듯 조금의 막힘도 없다.

하긴 아프리카엔 가본 적도 없는 사람이 어찌 링갈라어를 알겠는가!

"아! 그렇습니까? …감사합니다. …네, 그럼요! …네, 최선을 다하겠습니다. …그럼요! …네, 그럴게요. 아! 그런가요? …하하! 네에. 소식 전해주셔서 고맙습니다."

통화를 마친 현수의 얼굴은 약간 상기되어 있었다.

방금 전 통화를 마친 상대는 콩고민주공화국 보건복지부 장관 올리 일룽가이다.

현수가 요청했던 의약품 도매업을 공식적으로 허가한다는 것이 주요 내용이다.

그러면서 질 좋은 한국산 의약품을 한시바삐 만나기를 고대하고 있다고 말했다.

아울러 제대로 된 투약지침서를 만들어 국민들이 올바른 의료혜택을 받을 수 있도록 애써달라고 하였다.

언제까지일지는 확답해 줄 수 없지만 콩고민주공화국 유일의 의약품 도매업을 허가하는 것이라 생색내기도 했다.

그리고 전화의 말미엔 내무장관이 눈이 빠지게 기다리고 있으니 가급적 빨리 돌아와 주기를 바란다는 말을 했다.

당연히 그러겠다고 하고 끊은 것이다.

"김 전무! 방금 그 말은 어느 나라 말인가?"

"아! 링갈라어라고 니제르콩고어족에 속하는 언어예요."

"뭐? 뭐라고?"

발음이 빨라서 그랬는지 못 알아들은 모양이다.

"콩고민주공화국의 수도 킨샤사를 비롯한 북서부 일대와 콩고공화국의 대부분, 그리고 앙골라와 중앙아프리카 공화국 일부에서 사용하는 링갈라어예요."

"그, 그럼 아프리카 토속어……?"

"네, 그런 셈이죠."

"자, 자네가 그걸 어떻게……?"

한국인 중 링갈라어를 모국어처럼 쓰는 사람은 단언컨대 유사 이래 단 한 명도 없었을 것이다.

하여 저도 모르게 물어본 것이다.

현수의 외모와 말하는 것을 보면 100% 한국인이다. 그래서 남아공 국적이라는 걸 깜박했던 것이다.

"제가 대학 다닐 때 콩고민주공화국에서 유학 온 친구와 같은 기숙사를 썼는데 그때 배웠습니다."

정말 아무것도 아닌 것처럼 이야기했다. 이에 신형섭 사장과 조인경, 그리고 김지윤까지 놀란 표정이다.

불과 몇 년 만에 다른 나라 언어를 모국어처럼 구사하는 건 결코 쉽지 않다는 걸 잘 알기 때문이다.

"허어! 정말 대단하군. 아제르바이잔어에 이어 링갈라어라니… 자넨 영어도 잘하지?"

"그럼요! 그건 기본이죠."

당연하다는 듯 고개를 끄덕이고는 이내 말을 이었다.

"남아공엔 11개의 공용어가 있어요. 영어 이외에 북소토어, 벤다어, 소토어, 스와티어, 아프리칸스어, 남은데벨레어, 줄루어, 총가어, 츠와나어, 그리고 코사어죠."

"서, 설마 그걸 다 한다는 건가?"

"공용어니까 당연한 거 아닌가요?"

이번에도 지극히 태연한 표정이다.

"거기에 한국어와 링갈라어, 그리고 아제르바이잔어가 추가되는 건가? 그럼 14개 국어를 하는 거지?"

신 사장의 말이었다.

"아뇨! 거기에 프랑스어, 스페인어, 러시아어, 독일어, 아랍어, 일본어, 지나어 등도 포함시켜 주십시오."

"서, 설마 그것도 모국어처럼 하는가?"

"뭐, 아마도 그런 거 같네요."

현수는 여전히 대수롭지 않다는 표정이다. 뭐 이런 걸 다 묻느냐는 뉘앙스였던 것이다.

"헐……!"

"끄응……!"

"세상에……!"

신형섭과 조인경, 그리고 김지윤은 치과 의자에 앉은 것도 아니건만 목젖이 보일 정도로 입을 딱 벌리고 있다.

한 사람이 21개 국어를 모두 모국어 수준으로 구사한다는 이야기에 할 말은 잃었던 것이다.

그러다 문득 생각난 게 있는 모양이다.

"그런데 방금 '등'이라고 했나?"

"네! 스와힐리어, 이집트어, 포르투갈어, 몽골어, 체코어, 힌

디어, 헝가리어 등도 할 줄 압니다."

"허어! 또 '등' 인가?"

"에스토니아어, 사모예드어, 만주 퉁구스어, 티베트어, 벵골어 등도 할 줄 알거든요."

또 '등' 이다. 기가 막힌다. 얼마나 더 많은 언어를 모국어 수준으로 구사할지 물어볼 엄두가 안 난다.

언어학자들의 조사에 의하면 세계의 언어는 약 6,000종이다. 이 중 절반 정도는 사라져 가는 중이다.

현수는 이 중 1,000종 이상의 언어를 Mother tongue 내지 Native speaker 수준으로 구사 가능하다.

제국 실무를 후손들에게 물려준 후에는 몹시 한가했다. 하여 이것저것에 관심을 기울였었다.

요리, 각종 악기 연주, 작곡, 각종 스포츠, 여행, 낚시, 과학 탐구, 기술 개발 등이 그것이다.

그러다 틈날 때마다 룬 문자를 공부했는데 문득 세계 각국의 언어가 궁금해졌다.

그 결과가 1,000종에 이르는 언어의 통달이다.

그래서 통역 마법을 쓰지 못하는 상황임에도 각종 언어를 구사하는 것이다. 나중에 마법사용이 가능해지면 나머지 언어까지 몽땅 다 알아듣고 대화할 수 있게 된다.

이게 마법의 위대함이다.

"세상에… 말도 안 돼!"

조인경의 눈은 더 이상 커질 수 없을 정도로 크게 떠져 있고, 김지윤은 아예 멍한 표정이다.

신형섭 사장은 '세상에, 뭐 이런 자식이 다 있지?' 하는 묘한 표정으로 바라본다.

"자, 자네 혹시 천재인가?"

이쯤 되면 인정할 것은 인정하고 넘어가야 한다.

"언어 부분은 확실히 그런 거 같습니다. 아주 쉽게 익혀지더군요. 언어라는 게 서로 연관관계가 있어서 하나를 완전히 익히면 다른 건 조금 더 쉽더라고요."

영어 때문에 고생하는 한국의 중·고등학교 학생이라면 싸대기를 한 대 때리고 싶을 정도로 능청스러운 표정이다.

신 사장은 문득 떠오르는 것이 있었다.

"그, 그러면 의학은……? 듣자하니 골학(Osteology)이라는 걸 배울 때 인체의 뼈 이름을 다 외운다면서?"

신 사장의 아들은 현재 의예과 1학년이다. 그럼에도 벌써부터 골학을 준비하고 있기에 물은 말이다.

"골학은 본과 1학년 때 배우죠. 근데 뼈 이름만 외우는 게 아니라 각각의 세부 명칭과 그게 뭔지를 다 외우는 겁니다."

"……!"

지금도 아주 태연한 표정이다. 그러면서 말을 이었다.

"예를 들어 대퇴골은 Head, Neck, Body 및 Fovea capitis,

Greater trochanter, Lesser trochanter, Intertrochanteric crest, Intertrochanteric line, Pectineal line, Spiral line, Gluteal tuberosity 등 상당히 많은 세부명칭으로 나뉘는데 그걸 다 외우고 설명해야 통과하죠.”

다 알아듣지도 못할 만큼 빠른 말이었다.

그리고 영어인 듯한데 살짝 아닌 것 같기도 하다. 라틴어가 섞여서 그러하다.

“그, 그거 다 외우는데 시간이 얼마나 걸렸나?”

“글쎄요? 외운 지 오래되어서… 아! 한 20분쯤 걸린 거 같네요. 그때 한번 쭉 훑어보고 나니까 싹 다 외워졌거든요.”

의대생들이 들었다면 기함할 만한 말이다.

한국에서 의대에 들어가려면 전국 상위 1% 이내에 들어야 한다는 것이 상식이다.

당연히 의대생들은 공부를 아주 잘한다. 어쩌면 공부가 특기인 학생들이라고 할 수도 있을 것이다.

그런 의대생들도 골학(骨學)을 배울 땐 아예 일주일쯤 합숙하면서 오로지 그것만 집중적으로 외운다.

암기할 것이 너무 많은 때문이다.

그런데 그 복잡한 것을 딱 한번 쭉 훑어보고는 몽땅 외웠다고 한다. 읽음과 동시에 외운다는 뜻이다.

참으로 기가 찰 일이다.

“끄으응~! 천재군, 천재! 확실히 천재야!”

신 사장의 말에 조인경과 김지윤의 고개가 자동으로 끄덕여지고 있었다. 완전히 동의한다는 표정이다.

"맞아요! 그것도 아주 대단한 천재세요."

"동의해요! 저도 암기엔 자신이 있다고 생각했는데 오만했네요. 죄송해요. 다시는 암기 잘한다는 말 않겠습니다."

Chapter 13
—
약국이 아니라 약빵

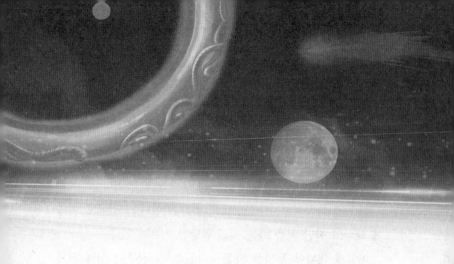

　김지윤은 중·고등학교 시절 내내 전교 1등을 차지했던 엘리트이다. 중딩 땐 3년 내내 전 과목 만점을 받았다.

　하여 암기에 자신이 있다고 생각하고 있었다.

　전공은 다르지만 대학교 1년 선배인 조인경도 비슷하다.

　고1 1학기 중간고사 때 실수한 것 때문에 고교 전 학년 평균이 99.6점인 것을 흠이라 생각하고 있다.

　대학은 4년 내내 전 과목 A학점을 받았다.

그리고 토익 990점, 토플 120점, 텝스[20] 600점을 받았다. 모두 만점이다.

그렇기에 본인이 겁나게 똑똑하다는 걸 자각하고 있다. 그런데 갑자기 겸손해지고 싶은 심정이다.

마치 보름달 앞의 반딧불 같다는 생각을 한 것이다.

현수는 과묵하고, 신중하며, 겸손한 편이다. 그럼에도 이렇게 대놓고 잘난 척을 하는 것엔 합당한 이유가 있다.

이렇게 해놔야 무엇을 하든 '하인스 킴 전무는 원래 천재라서 그래!' 라고 생각하고 더 이상 캐묻지 않는다.

"그나저나 누구였나? 공사에 문제 있는 건가?"

콩고민주공화국에서 걸려온 전화이다. 혹시 잉가댐 공사와 관련이 있나 싶어서 물어본 말이다.

"아뇨! 보건복지부의 올리 일룽가 장관이었어요."

"그래? 그 나라 보건복지부에선 왜……?"

의아하다는 표정이다.

건설과 보건은 교집합(intersection set)이 아주 적은 때문이다.

"콩고민주공화국의 국민은 대략 8,080만 명입니다. 근데 제약회사가 하나도 없어요."

---

20) 텝스(TEPS): 서울대학교 언어교육원에서 개발하고 문항을 출제하여 텝스 관리위원회가 주관하는 영어가 모국어가 아닌 사람을 대상으로 영어 숙련도를 평가하는 공인어학시험. 영어 해석력은 물론이고 언어적인 논리력까지 테스트한다.

"그런가?"

"네! 인구 1,000만이 넘는 수도 킨샤사에 병원이 세 갠가 네 개가 있을 뿐이고요."

"허어! 그럼 아프면 어떻게……?"

"극소수 상류층은 병원을 이용하지만 대다수 국민들은 주술사를 찾아가죠."

"허어……!"

얼마나 미개한지 단적으로 드러나는 말이다.

"근데 그분이 왜 전화를 하신 건가요?"

현수는 궁금해 하는 지윤에게 시선을 주었다.

정면에서 보니 아주 예쁘다.

여자들을 대상으로 이야기할 때 흔히 물이 올랐다는 표현을 쓰기도 한다. 생기가 돌고, 예뻐졌다는 표현이다.

진한 눈썹과 초롱초롱한 눈빛, 그리고 오똑한 콧날과 육감적인 입술이 조화를 이루고 있다.

어쨌거나 어서 말을 해달라는 듯 지윤의 입술이 달싹이려 할 때 현수가 먼저 입을 열었다.

"킨샤사의 의료 환경이 좋지 않으니 한국의 질 좋은 의약품들을 공급하고 싶다는 말을 했어."

"그래서요?"

이번엔 조인경이다.

그러고 보니 조인경의 미모도 만만치 않다. 인터넷에 흔히 쓰이는 표현을 빌자면 그야말로 '여신 강림'이다.

무협소설에 흔히 등장하는 해어화(解語花)라는 표현이 떠오를 정도이다.

참고로, 해어화는 '말을 알아듣는 꽃'이라는 뜻으로 본래 양귀비[21]를 지칭하는 말이었다.

후에 미인을 비유하는 말로 널리 쓰였다.

이밖에 화용월태, 침어낙안, 폐월수화, 경국지색, 빙기옥골, 설부화용 등도 미인을 지칭하는 어휘이다.

그런데 조선에서는 술자리에서 흥을 돋우는 일을 업으로 삼았던 기생(妓生)을 뜻하는 표현으로 사용하였다.

이런 걸 보면 한국은 외국에서 들여온 것을 폄하하거나 폄훼하는 데 특기가 있는 것 같다.

멀티 레벨 마케팅(Multi-Level Marketing)도 그중 하나의 예가 된다.

이는 광고를 없애보자는 취지에서 만들어진 기법이다.

누군가 어떤 제품을 써보고 정말 품질이 괜찮다면 주변인에게 소개해줄 수도 있을 것이다.

그렇게 하여 판매가 이루어지면 이익 중 일부를 소개자에게 되돌려주자는 취지에서 만들어진 마케팅 기법이다.

CF에 나선 유명 연예인이나 광고회사, 신문사, 방송사 같은

21) 양귀비(楊貴妃): 본명 양옥환, 당 현종의 후궁이자 며느리. 서시, 왕소군, 우희와 함께 고대 중국 4대 미녀 중 하나.

곳으로 갔어야 할 돈을 광고 역할을 해준 소비자에게 돌려주는 것이니 분명히 좋은 취지로 만들어졌다.

어떤 연예인은 1년짜리 광고 한편에 10억 원 이상의 CF 개런티를 받아 챙긴다.

광고를 기획하고, 제작하는 회사도 돈을 챙기고, 이런 광고를 노출해주는 모든 매체들 또한 돈을 받는다.

이럴 돈을 소비자에게 돌려주는 것이니 도덕적으로 아무런 문제가 없다.

그런데 이것이 한국으로 들어와서는 다단계사업이 되어버렸다.

'제품의 질'이 우선이 아니라 '이걸 누군가에게 소개하면 돈을 별 수 있다'는 악마의 꼬임으로 변질된 것이다.

또 하나의 예를 들자면 외국에서 들어온 특정 종교이다.

이 종교는 원래 착하고, 양심적으로 살 것이며, 어려운 이웃을 도우면서 서로를 보살피라는 교리로 전파되었다.

참으로 좋은 취지이자, 좋은 교리이다.

그런데 대한민국에 들어온 뒤 신(神)이 아닌 목회자를 믿으라는 것으로 완전히 변질되었다.

아울러 굳이 착하게 살 필요도, 양심적일 필요도 없는 것으로 탈바꿈되었다.

살인, 강도, 강간, 사기, 횡령, 폭행, 납치와 같은 중범죄를 저질러도 신만 믿으면 죽어서 좋은 곳으로 간다는 것으로 교리를 바꾸었던 것이다.

그래서 그런지 이놈들은 신자들을 재산을 갈취하거나, 성추행 또는 성폭행하는 것을 그리 대단치 않게 여긴다.

이뿐만이 아니다.

신자들이 낸 헌금을 착복하는 것은 수시로 일어나는 일이고, 횡령과 유용 또한 다반사로 일어나는 일이다.

아울러 공동의 재산인 종교시설을 자식에게 대물림하기도 한다. 그러면서 세금은 한 푼도 내지 않고 있다.

본시 좋은 취지로 들여왔을 텐데 지금은 돈벌이의 목적, 욕망을 채우는 목적인 것으로 변질된 것이다.

이 종교를 자세히 들여다보면 서로가 서로를 이단이라고 욕한다.

조금이라도 지들 마음에 들지 않으면 삿대질을 하며 욕설을 퍼붓는다.

그런데 국가에서 세금을 내라고만 하면 일치단결하여 개지랄들을 떨어댄다.

반드시 제거해야 할 사회의 암세포들이다.

어쨌거나 이젠 조인경의 눈빛도 초롱초롱하다. 마치 재미있는 드라마를 보는 듯한 표정이다.

점입가경이라 느끼는 때문일 것이다.

"콩고민주공화국 정부가 내게 의약품 도매를 허가한다는

내용이었어."

"엥? 거기도 의약품 도매상이 있지 않아요?"

"없어! 서울보다 훨씬 큰 킨샤사지만 약방이라곤 겨우 서너 군데뿐인데 도매상이 있겠어?"

"예에? 거기가 서울보다 넓어요? 근데 겨우 서너 군데요? 그리고 약국이 아니라 약방이라고요?"

"그래! 거기가 서울보다 16.5배쯤 넓어."

참고로, 서울은 604㎢이고 킨샤사는 9,965㎢이다.

국토면적으로 비교하면 한국은 콩고민주공화국의 23.5분의 1에 불과하다.

"헐……! 정말요?"

조인경은 서울이 대단히 크다고 생각하고 있었기에 화들짝 놀라는 표정을 짓는다.

"그래. 그리고 콩고민주공화국에는 아직 약사 제도가 없어. 그래서 약국이 아니라 약방이라 하지."

"그럼 수출해도 별 재미없는 거 아닌가요?"

기껏 서너 군데를 상대해 봤자 얼마나 되겠느냐는 뜻이다.

"기존의 약방들만 상대로 하면 그렇지."

"그럼… 어떻게 하시려고요?"

조인경은 본인의 일도 아닌데 되게 궁금해 한다.

"일단 소매약방 1,000군데를 모집할 거야."

"헐~! 1,000군데나요?"

이번엔 너무 많지 않느냐는 표정이다.

"킨샤사 인구가 1,000만 명이 넘어. 그럼 인구 1만 명 당 약방이 하나 꼴이야. 그러니 많은 게 아니지."

참고로, 2016년 현재의 서울은 약 1,900명당 하나의 약국이 영업 중이다.

가만히 듣고만 있던 신 사장이 끼어든다.

"근데 거긴 의약품 도매상이 하나도 없나?"

"네! 이번에 처음으로 의약품 도매 허가가 난 거고요, 당분간은 추가 면허를 내주지 않을 거랍니다."

무얼 어떻게 했는지 몰라도 한 나라의 의약품 시장을 독점하게 되었다는 뜻이다.

이쯤 되면 돈 버는 건 시간문제일 뿐이다.

신 사장과 조인경, 그리고 김지윤은 대체 얼마나 벌까를 상상하는지 아무런 말도 없었다.

참고로, 대한민국의 2015년도 일반의약품과 전문의약품 생산실적은 10조 원을 넘겼다.

여기에 마진율을 적용해보면 얼마나 벌었을지 충분히 상상이 될 것이다.

"……!"

다들 입을 벌리고 있다. 현수는 그 반응을 보고 피식 웃으며 말을 이었다.

"공사가 수주되면 우리 직원들도 많이 갈 텐데 유사시를 대비한 의약품을 갖춰야 하지 않겠습니까?"

"그래, 그건 그렇지. 제법 많이 파견될 테니까."

신 사장의 고개가 크게 끄덕여졌고, 조인경과 김지윤 또한 동조하고 있다. 지극히 당연한 말씀인 것이다.

"그전에 적어도 의약품 체계는 제대로 갖추도록 할 생각입니다."

멀고먼 타향에서 몸 아픈데 약 한 번 못 써보는 건 지양해야 하니 이 또한 당연한 일이다.

콜레라와 홍역, 그리고 장티푸스와 말라리아 백신을 무상으로 제공하는 건 이야기하지 않았다.

말만 길어질 뿐인 때문이다.

이때 탁자 위의 휴대폰이 부르르 떤다.

지이잉! 지이이잉—!

슬쩍 내려다보니 또 콩고민주공화국에서 걸려온 전화이다.

"네! 하인스 킴입니다."

아까완 다른 번호였기에 이번엔 프랑스어로 이야기했다. 그러자 상대로 불어로 대꾸한다.

—날세. 가에탄 카구지.

"네. 장관님! 잘 계시죠?"

—그럼, 한국엔 잘 도착하셨나?

"그럼요! 무사히 당도했습니다."

—다행이군! 근데 시험은 언제 끝나나?

"10월 6일입니다. 참! 제프는 어떻습니까?"

—제프? 그 아인 잘 있네. 근데 곧 올 거지?

언제 올지 궁금해서 연락한 듯싶다.

"그럼요! 시험만 끝나면 곧바로 날아가겠습니다. 아마 다다음 주 주말쯤에 당도할 듯싶네요."

—그런가? 알겠네, 기다리지.

"혹시라도 제프에게 뭔 일이 생기면 제게 바로 연락 주셔야 합니다. 아셨죠?"

—그럼, 그럼! 걱정 말게. 꼭 그러겠네.

"네에. 그럼……!"

통화를 마치려고 할 때 가에탄 카구지의 음성이 있었다.

—참, 자네가 원했던 조차 말이네.

지금부터가 전화한 진짜 목적이다.

"네, 장관님!"

현수는 자세를 바로하면서 귀에 신경을 모았다.

—그거 국무회의는 통과했네. 이제 의회 승인만 남았어. 그거만 통과하면 대통령의 재가는 금방 떨어지네.

"아! 정말요?"

—그러네. 미나쿠 오벤 하원의장도 아주 호의적이니 무사히 승인될 듯싶네.

"아! 힘써주셔서 정말 고맙습니다."

─고맙기는······! 우리 사이에······.

누이동생의 아들인 조카는 오랜 식물인간 상태에서 깨어났고, 백혈병으로 죽어가던 아들은 소생과 회복의 길로 접어들었다.

고맙고 또 고맙기에 의견이 맞지 않아 너무 껄끄럽던 미나쿠 오벤과도 스스럼없이 대화를 청했고 협조를 요청했다.

미나쿠 오벤은 아들을 죽음으로부터 구원해 주고, 암에 걸린 아내까지 치유해 주는 현수에게 고마움을 느낀다.

그렇기에 정적인 조제프 카빌라의 심복 가에탄 카구지와의 대화를 마다하지 않고 있다.

아들을 살려내고 아내를 치유해 주는 것 이외에 각종 전염병 백신 5,000만 명분과 이것의 접종을 위한 주사기를 무상으로 제공하겠다고 한다.

모두 2억 명 분량이다. 어마어마한 돈이 든다.

*   *   *

여기에 콩고민주공화국의 의료체계가 몹시 낙후되어 있다면서 질 좋은 한국산 의약품을 들여와 저렴한 가격에 공급하고 싶다는 것에 큰 감명을 받았다.

하여 초당적으로 정부에 협조하는 것에 반발하는 극렬 야당의원들을 적극적으로 다독이고 있다.

미나쿠 오벤은 동료들을 이끄는 지도자이며, 카리스마가 남다른 강력한 구심점이다.

게다가 언변이 좋아 웬만하면 설득 당한다. 그렇기에 조차지 결정이 쉽게 내려질 것이라는 뜻이다.

".정말 고맙습니다. 고맙습니다."

생각보다 훨씬 빠르게 엄청난 면적의 조차지를 갖게 되었다.

자금은 충분하니 이를 개발하는 데에는 사람만 있으면 된다.

현수가 통화를 마치자 다들 시선을 집중시킨다. 이번엔 무슨 내용이었느냐는 뜻이다.

"가에탄 카구지 내무장관님이셨어요."

"……!"

일국의 장관이 직통으로 전화를 걸었다는 말에 인경과 지윤은 상기된 표정이다.

자신들이 모시는 직계상사가 거물이라는 걸 확인했음이다.

한편, 신형섭 사장은 잉가댐 공사에 관한 것은 아닌지 얼른 말하라는 표정이다.

"콩고민주공화국에 가보니까……."

조차지를 얻으려는 목적에 대한 설명을 해주었다.

한국의 수도 서울은 물가가 상당히 비싸다. 특히 제과업체들은 과자가 아닌 질소를 아주 비싼 값에 팔고 있다.

반드시 시정해야 할 일이다.

아무튼 한국은 세계적인 곡물 수입 국가이다.

2015년에 결산된 곡물자급률은 아래와 같다.

	2012년	2013년	2014년	2015년
곡물자급률	23.7%	23.3%	24.0%	23.8%

자급률이 23.8%라는 것은 유사시에 식량을 공급받지 못하면 전 국민의 76.2%가 굶어 죽을 수 있다는 뜻이다.

한국은 쌀을 제외한 모든 곡물을 수입에 의존하고 있다.

특히 라면, 과자, 국수, 빵 등의 주원료인 밀(Wheat)은 필요량의 1.2% 정도만 생산하고 있다.

나머지 98.8%를 수입에 의존하고 있는 것이다.

문제는 곡물시장의 80% 이상을 곡물 메이저인 미국의 카길(Cargill)이 독점하고 있음이다.

이 회사가 곡물가를 올릴 때마다 막대한 외화가 빨려 나가게 된다.

아무튼 한국은 OECD 국가 중 식량자급률이 꼴찌에 랭크되어 있다. 식량안보 위기상황인 것이다.

그런데 가만 놔두면 점점 더 심화될 것이 뻔하다. 농지를 형질 변경하는 면적이 점점 더 늘어나는 때문이다.

다음은 2015년 7월 2일에 보도된 신문기사 중 하나이다.

당진시 관내에서 산업화·도시화가 속도를 내면서 식량 생산의 터전인 농지가 최근 3년간 2,249건에 1,814ha가 농지전용 절차를 거쳐 공장부지와 택지 등으로 잠식되었다.

어디 충청남도 당진만 이러하겠는가!

매년 엄청난 넓이의 농지가 사라지고 있다. 그런데 이에 관심을 가진 이들은 그리 많지 않다.

썩어빠진 정치인들이 국회를 장악하고 있고, 무능하며 부패한 공무원들이 철밥통을 두드리고 있는 때문이다.

아울러 돈에 눈이 먼 건축업자들도 한몫하는 중이다.

인간은 누구나 먹어야 산다. 여기에 남녀노소, 사회적 신분, 지적 능력 따위는 아무런 구분이 없다.

따라서 식량주권은 국가 구성요건 중 기본이다.

현수는 콩고민주공화국에 각종 농작물과 축산물, 그리고 임산물과 수산물을 생산하는 기지를 만들고, 이를 국내로 반입할 목적으로 조차지를 요구했음을 이야기했다.

"허어! 조차지라니. 대단하시네. 근데 허가해준다는 건가?"

"네! 주무장관인 내무장관이 발의를 해서 국무회의 의결은 거쳤다고 하네요. 야당에서도 협조적이고, 대통령은 의회 승인이 떨어지면 곧바로 사인하신다고 했습니다."

"저기 말씀 중에 끼어들어서 죄송한데 방금 말씀하신 조차라는 건 영국이 홍콩을 99년간 사용했던 그건가요?"

"맞아! 땅을 빌리는 거지."

"기간은 얼마나 되나요? 영국처럼 99년인가요?"

"아니! 나는 200년간이야."

"네에? 2, 200년이나요?"

"그래! 정글과 황무지를 개발하는 비용은 내가 다 내는 거야. 농지조성하고, 도로도 만들어야 하고, 창고와 임가공 공장, 그리고 일할 사람들 집, 근린생활시설도 다 갖춰야 해."

"네에……? 그걸 몽땅 개인 돈으로 한다고요?"

"응! 도시, 아니 나라를 하나 만드는 정도지. 그러니 본전 뽑고 이득을 조금 보려면 그 정도는 돼야 하지 않겠어?"

듣고 보니 맞는 말인 것 같다. 농지뿐만 아니라 사회간접자본인 SOC까지 몽땅 갖춰야 한다.

당연히 어마어마한 돈이 들어갈 것이다.

"며, 면적은 얼마나 되는데요?"

"넓이……? 12만㎢를 조금 넘어."

"헉……! 어, 얼마요?"

"가봐야 알겠지만 내가 달라고 했던 건 12만 8,000㎢야. 대한민국 전체 면적보다 1.3배쯤 넓지."

"허억—!"

"끄으응~!"

"말도 안 돼!"

농장을 만든다면서 나라보다도 훨씬 크다는 말에 셋은 각기 다른 감탄사를 터뜨린다.

"근데 200년이면 거기선 왕(王)이나 마찬가지시네요."

지윤이 얼굴엔 질린다는 표정이 어려 있었다. 현수는 슬쩍 장난기가 돋았다.

"왜? 왕비라도 되고 싶은 거야? 시켜줘?"

"네? 저, 정말요…? 저야 좋… 어, 어머! 아니에요."

지윤은 얼른 고개를 숙였다. 두 뺨이 잘 익은 능금 빛이 될 게 뻔한 때문이다.

"아이고, 이 사람아! 왕이 왕비 하나 가지고 되겠어? 여기 있는 조 부장도 왕비로 어떤가?"

"네에?"

현수가 뭐라 반문하려 할 때 조인경이 화들짝 놀라며 뒷걸음질 친다.

"어머! 사장님! 대, 대체 무슨 말씀이세요?"

조인경 또한 심히 당황한 듯한 표정이다.

이쯤에서 사람이 제법 많은 대로변에 주차되어 있는 상황을 예로 들어 '당황' 과 '황당' 의 차이를 확실히 짚어보자.

뜻도 모르고 혼용(混用)하는 이들이 많아서 그렇다.

당황(唐慌): 똥 누고 있는데 트럭이 갑자기 후진
황당(荒唐): 똥 누고 있는데 트럭이 갑자기 출발

조인경은 느닷없는 말에 허를 찔린 듯 손을 마구 흔들고 있었다. 확실하게 당황한 몸짓이다.

"왜! 조 부장은 왕비 되기 싫어?"

"네? 아뇨, 당연히 그건 아닌데… 어머! 아니에요."

조인경 또한 고개를 푹 수그린다. 어느새 목덜미까지 붉어져 있다.

말은 안 했지만 조인경은 현수에게 호감을 품고 있다.

신체 건강하고, 명석하며, 능력 있고, 돈도 엄청 많은 미혼인 훈남이다.

혼기 꽉 찬 처녀가 이런 사내를 두고 어찌 연모하는 마음을 품지 않겠는가!

퇴근 후 와인 한 잔을 마실 때면 저도 모르게 현수를 떠올리고는 여러 번 낯을 붉혔다. 발칙한 상상을 한 것이다.

하지만 이를 티내서는 안 된다. 현수는 직장 상사이고, 동료가 된 김지윤과 매우 가까운 사이인 듯했던 때문이다.

하여 시시때때로 가슴앓이를 하는 중이다.

그런데 그 어려운 사람 앞에서 대놓고 속내를 들켰으니 어찌 안 부끄럽겠는가!

"하하! 하하하! 왕비 둘 확정이네."

"끄으응!"

현수는 낮은 침음을 냈다. 신형섭 사장의 농담에 뭐라 대꾸할 수 없는 때문이다.

잠시 어색한 시간이 흘렀다.

딱 신형섭 사장이 찻잔을 들어 목을 축인 뒤 다시 그것을 내려놓을 때까지이다.

왕은 영어로 King이고, 여왕은 Queen이다.

왕비(王妃)는 나라를 직접 다스리는 여왕과 구분하기 위해 Queen consort라 표현한다.

참고로, Consort는 '통치자의 배우자'를 뜻한다.

한편, 인도에선 Maharanee, 이슬람교국[22]은 Sultana이다.

문득 조인경의 뇌리를 스친 상식이다. 덕분에 부끄러움이 한결 덜해졌는지 슬그머니 고개를 들었다.

그런데 현수와 시선이 딱 마주쳤다. 그 순간 저도 모르게 시선을 내리깔았다.

왠지 부끄러웠고, 당연히 얼굴은 다시 붉어졌다.

곧바로 김지윤 역시 고개를 다시 숙였다. 인경과 마찬가지

---

22) 이슬람교국: 이슬람교를 국교로 삼은 나라

로 고개를 들다 현수와 시선이 마주친 결과이다.

얼굴은 화끈거리고, 손에선 땀이 솟았다.

하지만 아무런 조치도 취할 수 없었다. 괜한 몸짓이 자칫 오해를 부를 수 있음을 알기 때문이다.

"어허! 이 사람들이 지금 여기서 뭐 하는 건가?"

분위기를 깬 것은 당연히 신형섭 사장이다. 마치 개구쟁이 같은 표정을 짓고 있다. 둘의 심사를 짐작하는 것이다.

"자자! 왕비 이야긴 나중에 시간 날 때 다시 하기로 하고 하던 이야기나 어서 마무리하세. 안 그런가?"

"네? 아, 네에. 근데 어디까지 이야기했죠?"

"어험! 그, 그게 말이네… 그러니까…."

무슨 이야기를 하다 왕비 이야기가 나왔는지 신 사장도 금방은 기억해 내지 못하는 모양이다.

"아! 맞아. 조차지 면적이 12만 8,000㎢라고 했네. 근데 그걸 한꺼번에 다 개발할 생각인가?"

"네! 남한과 북한, 그리고 콩고민주공화국에서 필요로 하는 양은 공급해야 하지 않겠습니까? 그러려면 당연히 최대한 빨리, 그리고 최대한 넓게 개발할 생각입니다."

"허어……!"

1군 건설사 사장이지만 낮은 침음을 낸다.

한꺼번에 서울, 부산, 대구, 인천, 광주, 울산, 세종시를 포함한 경기, 강원, 충청, 전라, 경상 및 제주도를 파헤치고 건물을 지어 올리겠다는데 어찌 놀라지 않겠는가!

대한민국의 모든 건설사들이 동시에 다 달려들어도 해내기 어려운 일이다.

"그것도 천지건설에서 맡아주셔야 합니다. 하실 거죠?"

"그… 그럼! 다, 당연히 해야지. 고맙네! 근데 우리가 해낼 수 있을까?"

아제르바이잔의 신행정도시 건설과 유화단지 조성공사를 한꺼번에 수주할 때도 전혀 부담스럽지 않았다.

이제야 놀고 있던 인력을 풀가동할 시기가 왔음에 오히려 기뻐했다.

잉가댐 도면이 당도했을 때엔 현재 시공 중인 것들이 언제 끝나는지 짚어봤다.

그런데 조차지 건설은 엄두조차 나지 않는다. 농토가 대부분이겠지만 그래도 어마어마한 공사가 있을 것이다.

최근에 붙여놓은 콩고민주공화국 지도를 보고 반둔두가 어딘지를 가늠해 보았다.

육지 한복판이다. 하여 항만은 없을 것이라 생각했지만 이는 틀렸다.

조차지에서 생산되는 농, 축, 임, 수산물은 콩고강을 통해 운송되기 시작하는 때문이다.

하여 항만을 조성하기 위한 준설[23] 작업도 해야 한다.

23) 준설(Dredging, 浚渫): 하천이나 해안의 바닥에 쌓인 흙이나 암석을 파헤쳐 바닥을 깊게 하는 일

길이가 얼마나 될지 알 수 없는 일반도로 및 고속도로 공사도 해야 하고, 발전소 같은 것들도 지어야 할 것이다.

아마도 억이나 조를 넘어 경 단위의 공사비가 들 것 같다.

"그, 근데 공사비는 어떻게 충당하려는가?"

"걱정 마세요. 현금으로 결재할 겁니다."

"그, 그런가? 아, 알았네."

신 사장은 왠지 자신이 왜소하다는 느낌이 되었다.

경 단위의 돈이 들 텐데 공사비 전액을 현금으로 준다는 게 의심스럽지도 않다.

하인스 킴은 현재 투자제국의 황제로 불리는 인물인 때문이다.

오늘 인터내셔널 이코노믹이라는 매체에서 하인스 킴에 대한 심층취재 결과가 보도되었다.

그 내용은 다음과 같다.

투자제국의 황제의 자산은 얼마나 늘었을까?

기자가 확인 한 것만 2,258억 7,000만 달러!

과연 황제의 수익률은 남달라!!!

옵션거래 없이 오로지 매도와 매수만으로 올린 수익…….

지난 9월 5일 뉴욕 타임즈 보도에 따르면 당시 재산은 509억 달러로 파악되었다.

　그런데 불과 20일 만에 4.43배나 뻥튀기되어 있다. 세계 경제가 극심한 하락세에 접어든 가운데 올린 수익이다.

　　　　　　　　　『전능의 팔찌』 2부 10권에 계속…